Serge Nicolo

Les pêcheurs de sable

Du Noir au Sud
est une collection des Éditions Cairn
dirigée par G.D Noguès

Du Noir au Sud est une collection de polars qui nous transporte dans le Sud, ses villes, ses villages, à la découverte des habitants, de leurs traditions, leurs secrets.
Son ambition : dessiner, au fil des ouvrages, un portrait d'ensemble de la région, noirci à coups de plumes tantôt historiques, ou humanistes, parfois teintées d'humour, mais où crimes et intrigues ont toujours le rôle principal.

Illustration de la couverture : © Djebel
Photos : © 123RF, Mikhail Starodubov, Gérald Bernard

Les éditions Cairn bénéficient du soutien de la DRAC
et de la Nouvelle Région Aquitaine
ISBN : 978-2-35068-656-1/ISSN : 2275-2331

Serge Nicolo

Les pêcheurs de sable

cairn
éditions

Base militaire de Mehdia, trente kilomètres au nord de Rabat, Maroc

L'hélicoptère Super Puma de la Gendarmerie royale du Maroc, après avoir décollé de la base militaire, survola le port de Mehdia et l'embouchure de l'oued Sebou, tout près de la ville de Kénitra. Un spot prisé par les surfeurs pour sa vague creuse, surtout à marée haute. L'appareil se dirigea vers l'océan. Le soleil couchant n'était plus qu'une ligne rougeoyante se dissipant dans les eaux noires, l'obscurité enserrait progressivement les parois métalliques de l'appareil. À son bord, en plus du pilote, deux hommes se trouvaient à l'arrière, une masse confuse gisait à leurs pieds. En y regardant de plus près, on distinguait un homme, allongé, dans une combinaison en néoprène, apparemment inconscient.

Sur la banquette, le capitaine Guérif semblait somnoler en observant la mer. Son acolyte, un colosse que tout le monde surnommait *La Bestia,* donnait régulièrement des coups de pieds à l'homme affalé entre eux, pour vérifier s'il était toujours inconscient. Mais, après quarante-huit heures de « traitements » particuliers, dans les sous-sols de la caserne et le dernier coup qu'il lui avait refilé sur le crâne, il ne risquait pas de se réveiller de sitôt. La brute attrapa une jambe de sa victime et y attacha une planche de surf et, vicieux jusqu'au bout, il entortilla le cordon du *leash* autour de l'autre pied, pour rendre toute nage impossible.

De son côté, le capitaine Guérif gambergeait, c'était un homme impulsif, violent. Il fonctionnait à l'instinct et sans état d'âme, impossible de faire autrement dans son milieu. Mais là, il réfléchissait, ils étaient allés trop loin. Au début, l'idée était d'un peu secouer le jeune, mais il n'avait pas surveillé en permanence son adjoint. Cet abruti avait mis le gosse dans un tel état que cela devenait compliqué de le relâcher sur un trottoir ou même devant les urgences. Alors, il avait eu cette idée, ou plutôt il avait piqué cette idée, dans une de ses lectures, eh oui! comme quoi... Il était abonné à une revue d'Histoire sur les polices secrètes et les méthodes de la lutte anti subversive. Imprimée en Belgique et diffusée de façon très confidentielle, elle comptait d'excellents contributeurs comme le général français Aussaresses ou Otto Skorzeny, l'espion d'Hitler qui travailla ensuite pour le Mossad. Il y apprenait souvent des trucs utiles. Et notamment, cette technique pour éliminer les « rouges » en Argentine, pendant les années où l'armée détenait le pouvoir. Il avait juste fait une petite adaptation en créant un scénario d'accident de surf, dans le cas où le corps serait ramené sur la côte. Ce qui serait préférable d'ailleurs, rien de pire que des recherches qui durent des années. Que le corps soit secoué quelques jours, avant de s'échouer, ce serait tout à fait crédible et cela expliquerait les multiples fractures. De toute façon, il y avait peu de chances qu'il y ait une autopsie sérieuse, il y veillerait. N'empêche que, pour la suite, il allait devoir jouer fin, la disparition d'un ressortissant européen, ça pouvait faire du bruit. Il ne s'agirait pas que son commanditaire le lâche et lui fasse endosser le rôle de fusible. Il allait devoir couvrir ses arrières et aussi commencer à réfléchir à la réorganisation de son équipe...

Après quelques minutes de vol, la côte n'était plus en vue. Sur tribord jaillirent des lumières : un navire de dragage, arrimé à une barge de transport. L'engin projetait des jets d'eau, ses projecteurs balayaient l'océan de manière désordonnée, les eaux étaient troubles et agitées de remous. L'hélicoptère effectua un virage pour dévier de la zone. Puis, il fit des cercles et ralentit. Arrivé en vol stationnaire, une cinquantaine de mètres au-dessus des flots, le pilote alluma une lampe clignotante. Le capitaine donna ses ordres. La porte latérale s'ouvrit et, sans autre forme de procès, *La Bestia* projeta dans le vide l'homme inanimé à la suite de la planche de surf. La chute, à cette hauteur, devrait déjà lui être fatale : *qu'Allah l'accueille dans sa miséricorde...*

Le sable, ressource estimée à cent vingt millions de milliards de tonnes, nous semble inépuisable. Pourtant, l'ensemble du sable de la planète est loin d'être exploitable : soit il est inaccessible, soit sa structure le rend inutilisable à un usage industriel.

Il en existe trois catégories :

Le sable « éolien » des déserts est abondant mais son grain, fortement usé et rond, ne s'agrège pas aux matériaux de construction.

Le sable « fluviatile » que l'on trouve dans le lit des rivières, anciennes ou actuelles, et au large des côtes devant les estuaires, lui, en revanche, est peu usé et fortement anguleux. Mais, quand il n'est pas surexploité, il est bloqué dans les retenues d'eau artificielles.

Le troisième, qui est un intermédiaire entre les deux premiers, est le sable des plages.

Canal du Midi, Toulouse

Le passage d'un bateau école fit légèrement onduler la péniche. De la fenêtre hublot de son bureau, Antoine observait le portail du musée Georges-Labit, de l'autre côté du canal. Il repensait, en souriant, à sa visite de tout à l'heure au CHU de Rangueil.

Il était là pour une affaire, en rendez-vous avec le docteur légiste Maurel. Quand, traversant les couloirs anxiogènes de l'institut médico-légal, une porte entrouverte avait attiré son attention. Ce qui l'avait frappé, à cet instant, et foudroyé presque, ce fut l'odeur démentielle qui gicla de la salle, de la table, sur laquelle reposait le reste d'un squelette humain, noirâtre et désagrégé, habillé d'une robe en putréfaction. Effroyable, en fait !

Et à côté, penchée au dessus, une vision faisant contraste, une femme en tailleur-pantalon gris, chemisier bleu pâle échancré, de taille élancée et avec une longue chevelure blonde. Le front plissé, elle auscultait rigoureusement, à l'aide de pinces, les résidus de tissus formant le costume de cet affreux reste humain.

Captivé, Antoine n'avait pas remarqué qu'il avait passé la porte et s'était approché de la table d'auscultation. Un instant distraite, la praticienne, qui paraissait vouloir achever au plus vite sa besogne, questionna de manière un peu sèche l'intrus.

Le docteur Maurel intervint à point nommé pour secourir un Antoine interloqué :

« Je vous présente un ami, Antoine Mesabki, directeur de la société A.G. Investigations. Et… Antoine, je te présente Natacha Lebel, qui est historienne de l'art et qui travaille sur cette dépouille médiévale, issue d'une fouille archéologique à la cathédrale de Poitiers. Nous avons analysé les restes du corps, elle se charge des tissus et des parures. »

Elle lui décocha un salut qui se voulait sec mais l'éclat de son regard d'or, plusieurs heures après, lui était resté. Et puis, cette histoire était incroyable : le corps momifié de cette moniale, inhumé au dix-septième, si admirablement conservé tous ces siècles dans son cercueil de plomb. Et, une fois ce dernier fracturé, qui se décomposait à toute vitesse, comme un mammouth exhumé du permafrost.

Antoine fut coupé dans sa rêverie par sa collègue qui le rejoignait dans son bureau. Elle était accompagnée d'une cliente, une belle femme, aux épais cheveux noirs, la peau pâle, approchant la cinquantaine. Une très belle femme, pour être précis.

« Antoine, ton rendez-vous est arrivé.

— Merci, Elena.

— Bonjour madame Sayegh, asseyez-vous, je vous en prie. »

Hafida Sayegh, malgré son maintien et le soin apporté à sa tenue, n'arrivait pas à masquer son anxiété. Son maquillage cachait mal les cernes de ses yeux et ne parvenait pas à raviver ses traits. On devinait qu'elle était angoissée, comme une personne en manque de sommeil et au bord de l'effondrement.

Elle précisa d'entrée qu'elle avait peu de temps, qu'elle devait prendre un avion pour rentrer chez elle, au Maroc, que son fils de vingt ans avait disparu là-bas, depuis presque une semaine. Face à l'inaction de la police, elle avait pris la décision de se tourner vers l'agence d'Antoine.

« Je ne fais que moyennement confiance à la police de mon pays, et… pas davantage à celle de la France. »

Antoine choisit de mettre sous le coup de l'émotion ce genre d'assertion tout en se demandant comment il allait annoncer à l'élégante quinquagénaire qu'il ne pouvait pas grand-chose pour elle.

« Vous savez madame, votre enfant étant adulte, rien ne justifie que l'on se lance à sa recherche même si je comprends votre inquiétude. Mais votre fils a peut-être juste oublié de vous prévenir. Il est sans doute avec des copains, une petite amie…

— Monsieur Mesabki, je… » Hafida Sayegh réprima un sanglot, comme une sorte de hoquet, elle s'excusa et poursuivit. « Je ne suis pas sotte et je ne suis pas du genre à m'affoler et déranger du monde pour un simple retard ou une inquiétude exagérée. »

Elle marqua une pause.

« Si vous le permettez, laissez-moi vous expliquer. Mon fils avait emprunté ma voiture pour se rendre à une soirée chez des amis. Ils ne l'ont jamais vu arriver et, le lendemain, ils remarquaient pourtant la voiture garée dans la rue.

— Vous songez à un enlèvement ? Mais pour quel motif ? Crapuleux ?

— Non. Je crois que c'est pour d'autres motifs ; mon fils est engagé politiquement. Et, vous savez... malgré la sympathie que les Français semblent porter à notre roi, notre pays n'est pas vraiment un régime démocratique. Par exemple, nous allons avoir des élections locales prochainement, eh bien ! les candidats d'opposition ce sont les cousins du roi ou alors l'oncle du roi... vous voyez ? Quand le seul mouvement politique qui pourrait vraiment être une opposition et inquiéter le régime est le parti islamique, vous comprenez ce qu'est mon pays ? Faire de la politique, avoir des idéaux, croire en un progrès social, comme c'est le cas de mon fils, est déconseillé chez nous. »

Son front se plissait davantage, tandis qu'elle reprenait.

« Je suis très inquiète. Mon fils depuis plusieurs mois s'intéresse à une société de travaux publics. Je ne sais pas exactement pourquoi. Je vous ai apporté quelques documents, ici. Ces gens sont très dangereux, parce qu'ils ont l'impunité !

— Je comprends tout à fait, madame. »

Antoine essayait d'avancer avec précaution face à cette femme dont il devinait le drame.

« Je mesure votre inquiétude mais je ne crois pas qu'il faille pour autant être alarmiste. »

Il observa alors le visage d'Hafida se décomposer un peu plus, comme exprimant le découragement de quelqu'un qui n'avait pas su se faire entendre. Touché, il tenta de se reprendre :

« Je... j'aimerais pouvoir vous aider mais, d'une part je travaille rarement à l'étranger, parce que je n'ai pas les autorisations, surtout hors Union européenne… Ensuite, comme j'essaie de vous le dire, les circonstances ne justifient pas une recherche à ce stade. Écoutez, madame Sayegh, ce que je peux faire, c'est commencer par prendre quelques informations sur votre fils, son adresse, ses activités, ses relations, etc. Je récupère aussi les documents que vous m'avez apportés. Nous allons faire quelques recherches là-dessus. Mais pour l'instant, le mieux est de rentrer chez vous. Je suis sûr que vous aurez bientôt de bonnes nouvelles. Sinon, rappelez-moi très vite et nous verrons ce qu'il est possible de faire. »

Antoine raccompagna son éventuelle future cliente. Ils sortirent de son bureau traversèrent la grande pièce centrale et montèrent les quatre marches qui conduisaient à la cabine de pilotage et à la porte donnant sur la passerelle. C'est en faisant ces quelques pas, à ses côtés, qu'il réalisa son embarras. Cette femme l'impressionnait. Cela expliquerait-il sa gêne durant la discussion ? Il ne savait pas. Il avait été troublé dès qu'elle avait passé l'entrée de son bureau, maintenant qu'il y repensait. Elle avait dû le trouver peu réactif et hésitant. Il se fustigea, chercha quelque chose à dire pour se rattraper mais déjà il la voyait descendre la passerelle et se diriger vers un taxi qui l'attendait dans la contre-allée.

Revenant dans l'espace central du navire, Antoine, un peu agacé, sortait de sa semi léthargie et se tournait vers son deuxième collaborateur.

« Philippe, s'il te plaît, tu pourras me pêcher quelques infos sur une société de BTP, au Maroc, AFRIQUE-CONSTRUCTION-ET-DÉVELOPPEMENT ?

— Nous allons prendre l'affaire ? intervint Elena.

— Je ne crois pas, non. À mon avis, il n'y a rien de sérieux mais cette femme est si défaite ! Je n'ai pas eu le courage de lui dire définitivement non.

— Oui, poursuivit Elena, elle paraît terriblement accablée, comme si elle avait un affreux pressentiment… »

Antoine souhaitait changer de sujet.

« Sinon, le dossier Léotard est bouclé. Il ne reste plus qu'à y rajouter le rapport médical de Maurel, que j'ai vu ce matin, et on peut l'archiver. Pour l'affaire du resto, on en est où ? poursuivit-il en s'adressant à ses deux associés.

— Rien de récent, répliqua Philippe. À part un article dans *La Dépêche* ce matin, qui reprend le témoignage du voisin qui croit avoir vu une voiture verte la dernière nuit où le resto a été tagué. Et puis, je me suis renseigné sur une association de végans. Celle qui est la plus activiste sur Toulouse et la région.

— Ah oui, tu crois qu'on doit chercher dans cette direction ?

— C'est un peu le message non ? Mais bon, continua-t-il dubitatif, les gugusses en question n'ont pas l'air d'être des foudres de guerre. Je les vois mal se lancer dans des "opérations commandos" ! Ils ont plutôt l'air sous-alimenté, si tu veux mon avis ! »

Elena et Antoine se jetèrent un coup d'œil amusé.

Pour Philippe Montaubric, natif de Sarlat dans le Périgord, l'idée de ne pas manger de viande était proche de l'hérésie ou même de la folie pure. Il n'était pas loin de s'énerver quand des donneurs de leçon racontaient que son mode de vie était à changer. Lui, dont la grande passion était la cuisine et, si possible, la cuisine à la graisse de canard. Il n'avait rien contre les légumes bien sûr… mais les légumes, ça restait un accompagnement !

Après, chacun faisait ce qu'il voulait. Si certains ne voulaient manger que des graines ou de l'herbe, grand bien leur fasse. Il n'allait pas les déranger. Alors, qu'en retour on le laisse tranquille, qu'on ne le traite pas d'assassin, ou que sais-je.

« Bon, en tout cas, la présidente de cette association – et c'est celle aussi qui semble la plus dégourdie de la bande – est une prof des écoles. Elle travaille à l'école Michoun, quartier Amouroux.

— Bon, je vais aller la voir, trouve-moi le meilleur horaire pour une visite impromptue. Et toi, Elena, tu en penses quoi ? »

Leur collègue déploya sa silhouette longiligne pour leur tendre à chacun un document.

« Eh bien ! moi, j'ai commencé à chercher du côté du restaurant. J'ai discuté avec le personnel, en voici la liste mais je ne crois pas que ça vienne de là. Ils semblent attachés à leur travail. Même si le patron… excuse-moi de dire ça, parce que c'est notre client, mais il a l'air assez *stronzo*(1) ! Il n'est pas du tout respectueux de ses salariés et puis, malgré son image de marque de restaurateur de qualité, ses produits ne sont pas vraiment au top.

— Tu veux dire qu'il y a tromperie sur la marchandise ?

— Oui, j'ai le sentiment que son raisonnement c'est : faire un maximum de marge pour engranger des bénéfices. Tant pis si les produits sont médiocres et si les employés ne font

1- Con (en italien)

pas le sourire, parce qu'ils font trop d'heures et mal payées. Le patron joue tout sur la forme : les grandes assiettes, les grillades au feu de bois, sa bonhomie d'ancien rugbyman, gros ventre et barbe fournie, inspirant confiance... Et ça marche !

— Le pire, renchérit Philippe, c'est que la fréquentation du restaurant a augmenté depuis le début de cette histoire. Les clients se pressent, en forme de soutien, ou pour se donner une image de résistants à bon compte, enfin, façon de parler, parce que le tournedos grillé au beurre truffé ou la côte de veau aux cèpes, c'est pas donné.

— Arrête, tu me donnes faim ! rigola Antoine. Puisque c'est ça, je vais déjeuner. Je vais dans le centre. J'ai une commande à récupérer chez Privat[2]. À tout à l'heure...

— Bon app... » lancèrent en cœur Elena et Philippe. »

Antoine descendit sur la berge et longea le boulevard Griffoul-Dorval jusqu'à la passerelle qui enjambait le canal. Alors qu'il dévalait les escaliers de l'autre côté, il manqua de percuter deux joggeuses. Il s'excusa, elles firent de même en riant et au moment où elles tournaient à l'angle de l'escalier, il lui sembla entendre « beau mec » ! C'était tout le problème de courir avec des écouteurs : on finissait par parler trop fort, comme des vieux...

Sur le quai du Port-Saint-Sauveur, il emprunta un *vélib* pour foncer vers le centre. Il faisait assez doux, il était en veste et chemise. À part ça, sans doute que la joggeuse avait un peu raison, il promenait avec nonchalance son mètre quatre-vingts et se sentait en pleine forme. Même si quelques fils

---

2- Célèbre librairie toulousaine située rues des Arts.

d'argent apparaissaient dans le brun de ses cheveux, c'était bien la seule concession à sa quarantaine passée. Son visage, qui lui valait des compliments, était plus marqué, mais cela lui donnait sans doute plus de caractère. Il courait moins vite mais il était plus endurant, ses abdos répondaient plus ou moins présent et sa musculature était entretenue. Il sourit donc à la petite remarque de la sportive. Après tout, c'était une belle matinée. Le boulot à l'agence était plutôt calme en ce moment, autant en profiter, parce que ce n'était pas souvent le cas.

Après avoir fait une halte rue des Arts, à la librairie, il traversa la place du Capitole, remonta en partie la rue des Lois et déposa son vélo dans une station devant le bâtiment du Trésor Public. Il répondit, à travers la vitre, au salut de Claire, la gérante du petit snack, en face, où on trouvait le meilleur yaourt glacé de Toulouse. « Une autre fois » essaya-t-il d'exprimer par son geste et il emprunta la petite rue de l'Esquile, jusqu'au restaurant du même nom.

« Salut Marco, ça va ? Je suis seul, je peux me mettre où ?

— Bonjour Antoine, tu n'as qu'à prendre la table sous la télé, si tu veux. »

Il était à peine midi et les banquettes bordeaux étaient encore désertes autour de l'antique torréfacteur qui décorait la salle, excepté un habitué près de la fenêtre. Antoine lui adressa un signe de tête et, au passage, attrapa *La Dépêche* sur le bar en allant s'asseoir à sa table. Il prit le temps de détailler le menu du jour avant de chercher dans le journal l'article qui l'intéressait.

« Tu as choisi ?

— Oui. En entrée, je vais prendre les ris d'agneau et puis un filet de lieu à l'aneth, avec un verre de pic-saint-loup, s'il te plaît. Tu as entendu parler de cette histoire de restaurant tagué ? » poursuivit Antoine, en pointant son doigt sur le journal.

La photo était le gros plan d'une inscription peinte sur le rideau métallique d'un restaurant : STOP AU GÉNOCIDE ANIMAL !

« Oui, j'ai vu ça. À mon avis, c'est une rancune personnelle, sinon pourquoi cibler ce restaurant en particulier ? On pourrait tous être visés, ainsi que les bouchers ou tous ceux qui vendent de la viande. Tu ne crois pas ? »

Antoine acquiesça et se replongea dans le journal. L'article ne lui apprenait rien de nouveau. Le journaliste tentait de lancer un débat sur le choc culturel entre les garants des traditions culinaires et les adeptes d'une nouvelle philosophie de vie, en se gardant bien de conclure évidemment.

C'était certain qu'il y avait autre chose derrière et c'était sûrement ce que pensait leur client, sinon il se serait contenté d'aller voir la police. Son restaurant avait subi plusieurs dégradations, mais les graffitis étaient là pour détourner l'attention, c'était sûr. À moins que le restaurateur ne cachât des choses et qu'il accomplisse, par exemple, des rituels barbares envers des veaux ou des cochons…

Toujours dans ses pensées, il répondit vaguement au *bon appétit* déposé en même temps que la petite assiette de son entrée. Les ris d'agneau poêlés, assaisonnés de lamelles d'ail grillées, étaient disposés sur une cuillerée de purée de patate douce, le tout surplombé d'un petit piment landais frit. Antoine apprécia la présentation et dégusta son plat qui valait bien quelques coups de pédales. Le vin de l'Hérault n'était pas mal non plus, il en commanderait un second verre pour la suite. Après manger, il devait prendre le métro jusqu'à la station des Argoulets, récupérer sa voiture et filer vers la maison de retraite de Rouffiac-Tolosan, rendre visite à un vieil ami. En espérant que lui plaise ce livre d'Antoine Audouard sur la guerre d'Indochine. Il se souvint alors de ce week-end prolongé à Paris qui avait accompagné la lecture de ce roman, cela faisait presque une dizaine d'années déjà. Se remettant d'une sale blessure, après être sorti de l'hôpital Pompidou, il avait fait un break. Bouquinant dans les parcs et les cafés… visitant quelques musées… Il se rappelait bien, au musée Mayol, la Joconde de Marcel Duchamp et l'expo de photos de Marilyn Monroe.

Mais bon, pour en revenir au bouquin, il se dit que pour un ancien combattant, ayant vécu ce conflit de l'intérieur, en première ligne à Diên Biên Phu, ces histoires de soldats perdus n'évoquaient peut-être aucun romantisme…

Il y avait l'étoile du soir et il y avait l'étoile du matin.

Le sable est la deuxième ressource la plus utilisée au monde ;
Il représente un volume d'échanges internationaux de soixante-dix milliards de dollars par an.
Plus de quinze milliards de tonnes sont utilisées dans le monde chaque année.
Sur la planète, deux tiers de ce qui est construit est en béton armé.

Le béton est constitué de deux tiers de sable.

Il faut deux cents tonnes de sable pour construire une maison de taille moyenne.

Un bâtiment comme un hôpital, consomme environ trois mille tonnes.

Chaque kilomètre d'autoroute engloutit au moins trente mille tonnes de sable.

Pour construire une centrale nucléaire, il faut compter environ douze millions de tonnes.

Plage d'Harhoura, au sud de Rabat

Le semi-remorque était stoppé sur le parking de la plage, moteur allumé, feux éteints. Assis au volant, Élie observait avec attention la route devant lui. Il pensait aussi qu'à soixante-quinze ans, il n'avait plus trop l'âge pour ce genre d'expédition. Mais cette fois il n'avait pas le choix, aucun de ses chauffeurs ne pouvait faire ce « travail » et il ne pouvait pas davantage le confier à son gendre, qui lui avait succédé à la tête de l'entreprise il y a quelques années. On ne pouvait honnêtement pas envoyer en première ligne le mari de sa fille et le père de ses petits-enfants.

En plus, cette histoire demandait quelques compétences autres que le simple permis lourd.

L'Afrique du Nord, merde ! Combien de fois il s'était retrouvé embarqué dans une histoire ou l'autre, ici au Maroc, en Libye ou en Algérie ? Et l'Algérie d'ailleurs, c'était avec cette putain de guerre que tout avait commencé ! Peut-être qu'il serait juste que sa route s'arrête ici ? *Mais quelle drôle d'idée, jusqu'à présent je m'en suis toujours bien sorti*, et il passa machinalement sa main sur la veste, posée côté passager, qui recouvrait le pistolet MAS 50. *En cas de grabuge, je fonce dans le tas… presque un demi-siècle que j'ai pas tiré avec une antiquaille pareille.*

Les Aurès, Élie se rappelait… Le capitaine qui harcelait et brimait sans arrêt les hommes les plus faibles du bataillon. Lui, un jour, avait osé le remettre en place et cet enfoiré n'avait rien trouvé de mieux que d'informer tout le campement que durant une heure il posait ses galons et allait régler son compte, de soldat à soldat, à cet appelé irrespectueux. Au pied des couleurs, à midi, il l'attendrait ! On était venu informer Élie au garage de la compagnie. Il savait que le capitaine était un dur, ancien du maquis et de l'Indo. Dans sa caisse à outils, il avait trouvé une petite barre de plomb pour caler dans son poing serré. Trop tard pour reculer et il sentait la rage monter en lui. C'est fou la rage comme ça tend les muscles, toute cette énergie soudain… L'autre l'attendait, il était sûr de lui, en espadrilles (pauvre fou) déjà un peu aviné. Il faisait chaud dans ce bled à midi, on n'en pouvait plus de cette foutue chaleur, de ce soleil, de ces ordres tout le temps, des copains qu'on perdait en route… L'autre, il était là en face, les épaules carrées, la chemise ouverte sur un torse puissant, le visage tanné qui en a vu, les cicatrices, le nez écrasé et tout.

J'étais gamin encore, dix-huit ans, mais massif déjà et puis j'en avais vu déjà, et avec ses espadrilles l'autre… j'avais cogné à la pointe du menton et il s'était écroulé, comme le pantin qu'il était devenu depuis longtemps. On m'avait tout de suite embarqué vers Constantine, pour passer en commission disciplinaire et, le lendemain, quand ma compagnie était sortie en O.P., le copain qui conduisait le Simca Cargo à ma place avait pris une balle dans la tête. Voilà, il y a parfois des « chances », comme ça, qui laissent un goût amer dans la bouche.

L'arrivée d'une voiture interrompit Élie dans ses pensées, la Range Rover s'arrêta à quelques mètres du camion et un homme en descendit. Élie, soulagé, coupa le moteur, ouvrit la portière à son tour et extirpa péniblement son double-mètre de la cabine. Il était un peu mâché, deux jours qu'il roulait, de Tarbes à Almeria, et puis, après avoir chargé le camion, ce fut le ferry et la traversée du Maroc, jusqu'à Casa où il avait laissé la remorque chargée d'un tractopelle, avant d'arriver ici.

Repensant une dernière fois à son camion Simca de l'armée – *avec sa cabine torpédo, quelle merde!* – il attrapa au passage, dans le vide-poches, une épaisse enveloppe.

« Younes, comment vas-tu ? Il y a si longtemps…

— Élie, je suis content de te revoir, comment va ta famille ? Et la santé ?

— Tout va bien, et tes enfants ? Ils sont grands maintenant…

— La famille va bien, grâce à Dieu. Et nous ? Toujours sur les routes…

— Comme tu dis. Alors, c'est quoi cette histoire ? »

L'homme marqua une pause en s'allumant une cigarette, l'air visiblement embarrassé.

« Eh bien ! je crois qu'il va falloir tout stopper, je ne maîtrise plus.

— Comment ça ? La demande ne cesse de croître ! s'emporta Élie, on n'arrive même pas à fournir, il faudrait quasiment que je double le nombre de camions !

— Comme je te le dis, Élie, je ne maîtrise plus, j'ai la DGST[3] sur le dos et en plus, je crois que ça vient de chez vous. De la France, je veux dire, de votre gouvernement...

— Et alors, on fait quoi ?

— Je crois qu'il vaut mieux mettre en sommeil un moment, on verra dans quelque temps... »

Élie n'insista pas et tendit l'enveloppe à son vieux complice, directeur de police de la région de Témara.

« On finit les transports en cours, deux semaines environ, après je fais garer les camions dans mes entrepôts d'Oujda et licencie les chauffeurs mais il ne faut pas que ça dure trop longtemps. Je perds gros sur ce coup.

— Je t'avertis dès que ça va mieux, mon ami. »

Les deux hommes se séparèrent et rejoignirent leurs véhicules respectifs. Élie, en hissant son imposante carcasse dans la cabine du camion, s'interrogeait. Les sociétés de BTP, auxquelles il fournissait du sable, étaient très puissantes dans ce pays et étaient aussi très liées au gouvernement français. Quel intérêt pouvait-il y avoir à perturber leurs activités ? Dès demain, il allait partir à la chasse aux renseignements. Pour l'heure, il se dirigea vers un parking gardé, où laisser son camion, et de là il prendrait un taxi vers Rabat, et l'hôtel Rihab, pour enfin se reposer un peu.

***

Dans les allées du cimetière de Chouhada, Élie achevait sa promenade matinale, au milieu des petites tombes blanches, face à l'océan, alors qu'un doux soleil d'automne commençait à réchauffer son corps, il pensait que cette vue était sans doute

3- Direction générale de la surveillance du territoire, service de renseignements chargé du contre-espionnage au Maroc.

la plus belle de la ville et que ce cimetière marin valait celui de la chanson.

L'océan d'un bleu intense se fracassait en écume blanche sur la plage. À l'est, la ville de Salé était séparée de la capitale par le fleuve Bouregreg, et sa marina en plein réaménagement.

Voilà, ce à quoi il participait. Élie secoua avec dépit sa chevelure blanche. Le port de pêche avait fait place à une marina moderne entourée de bâtiments proposant des appartements inaccessibles à la plupart des Marocains. Le site se voulait comme un nouveau centre culturel et festif, à deux pas de la casbah des Oudayas. Bien sûr, les projets des promoteurs, soutenus par le Palais, lorgnaient aussi vers la médina. De tous côtés, la ville était en travaux. Dans un clinquant très *nouveau riche*, le modèle clairement assumé était celui des principautés du Golfe, qui d'ailleurs participaient largement aux investissements.

Et pour faire du béton, il fallait du sable, n'importe quel sable. Il fallait faire vite et, quand même, faire au moins cher. Voilà pourquoi, avec son sable de plage, il était le fournisseur indispensable pour toute cette grande entreprise.

Lui qui avait été si inflexible et indifférent sa vie durant, se surprenait à être las de ce gâchis… Il en sourit. Qu'est-ce qu'il lui prenait ? Décidément, il commençait à être trop vieux.

Remontant vers le haut du cimetière, il sortit et attrapa un taxi qui le conduisit à la tour Hassan. De là, il se dirigea à pied vers la pizzeria Lago-di-Garda où l'attendait son rendez-vous.

François Gauthier était directeur exécutif de la société de BTP, Afrique-Construction-et-Développement, filiale installée au Maghreb d'une multinationale française du béton. Il avait choisi ce petit restaurant, d'abord parce qu'on n'y mangeait pas trop mal et qu'ensuite c'était un endroit tranquille où personne ne se souciait de vous, loin des lieux à la mode fréquentés par les hommes d'affaires occidentaux si nombreux dans la capitale.

Après avoir commandé des brochettes de viandes et des bières *Casablanca*, les deux hommes, qui ne se croisaient que pour la seconde fois malgré une collaboration de plus d'une vingtaine d'années, entamaient la conversation sur le sujet qui les préoccupait.

« Vous pourrez sans doute me donner plus d'explications sur la situation, demanda Élie en reposant son verre de bière.

— Eh bien! à vrai dire, la situation nous échappe un peu. Tout a commencé à cause d'un petit fouille-merde, un franco-marocain, étudiant en IEP à Toulouse et militant, quand il vient ici, du parti marxiste *Annahj Addimocrati*. Depuis plusieurs mois, ce merdeux tourne autour de nous, fait des photos, pose des questions à droite et à gauche...

— Je ne vois pas où est le problème, ce n'est pas la première fois que des journalistes ou autres activistes écolos, ou altermondialistes comme ils se définissent, nous cherchent des poux...

— Oui, je sais, mais le problème, ou LES problèmes, c'est qu'il est en contact avec un journal numérique plutôt offensif et avec une importante association écologiste. Et... ce petit con, depuis une semaine, a complètement disparu de la circulation! Juste au moment où j'avais sollicité de l'aide de Paris pour gérer ce dossier.

— Vous croyez que c'est un coup des services?

— J'en ai bien peur. Mais pas des nôtres, plutôt des Marocains et je crains qu'ils aient dérapé! Et si mes craintes sont avérées, cela risque de faire du foin, alors que se prépare la venue de Hollande. Cette visite officielle du président doit mettre fin à une brouille diplomatique qui nous a tous desservis. »

Élie se remémorait les événements de 2014 qui, il était vrai, lui avaient causé pas mal de tracas. La police française avait fait une descente à la résidence de l'ambassadeur du Maroc à Paris pour notifier une demande d'audition au patron du contre-espionnage marocain, le général Abdellatif Hammouchi, accusé par une ONG de complicité de tortures.

Un mois plus tard, le chef de la diplomatie marocaine, Salaheddine Mezouar, avait dû subir un contrôle, à l'aéroport de Roissy, malgré son passeport diplomatique. Les policiers lui avaient fait enlever sa veste, ses chaussures et sa ceinture, ce qui pour un diplomate – et pour le pays qu'il représente – était un terrible affront.

Cela se rajoutait à la polémique déclenchée par un ambassadeur français à New York qui paraît-il, aurait déclaré : *« Le Maroc est une maîtresse avec laquelle on couche, dont on n'est pas particulièrement amoureux mais que l'on doit défendre »*.

Depuis, la monarchie chérifienne était bien remontée contre la France, la coopération judiciaire avait été interrompue et les sociétés françaises se faisaient petites pour ne pas s'attirer de désagréments.

« Mais quel intérêt ont-ils à envenimer l'histoire ? questionna Élie.

— Je ne sais pas, peut-être s'agit-il juste d'une bavure, ou bien l'envie de se venger de notre diplomatie ? Ou bien, je me trompe, et le gosse fait du tourisme dans le Moyen Atlas… »

Dans les écoles d'architecture, les élèves élaborent des projets avec toutes sortes de matériaux, mais dès qu'ils sont en activité professionnelle, ils n'utilisent quasiment plus que le béton. Pourtant, il est possible de faire d'autres choix. Par exemple, en Afrique, où bientôt vivra un quart de la population mondiale, on peut s'inspirer des pratiques traditionnelles.

Des matériaux locaux, comme le bois, la terre ou la paille, sont plus économiques mais en outre ils sont respectueux de l'environnement et supérieurs sur le plan thermique. Contrairement au béton, au verre ou à la tôle, matériaux de prédilection sur le continent africain, qui sont des accumulateurs de chaleur, et obligent à installer des climatisations.

Commune de Montgiscard, à l'est de Toulouse

Côté passager, Elena répondait à un appel tandis que Philippe pestait contre le GPS qui venait de leur faire accomplir un détour inutilement.

« Bonjour Antoine, ça va ? Oui, nous allons voir le type dont on t'a parlé hier. Il y a peu de chance que ça donne quelque chose mais bon, il ne faut rien négliger. Et toi, comment ça c'est passé avec l'instit ? »

À l'autre bout du fil, Antoine détailla son entrevue avec la militante de la cause animale.

« Effectivement, nous avons affaire à une exaltée, elle a commencé par me parler du musée des Abattoirs, qui avant d'être consacré à l'art contemporain était donc l'abattoir de la ville. D'après elle, si on observe bien la façade du bâtiment, elle ressemble étrangement à celle du camp d'Auschwitz-Birkenau. Ce qui voudrait dire que le camp aurait été conçu sur le modèle des abattoirs et que les nazis auraient copié les méthodes d'exécution des animaux. Pour en arriver à la conclusion que si Auschwitz a été libéré par l'Armée Rouge, le génocide animal lui, est toujours pratiqué et on continue en toute impunité à commercialiser des cadavres. »

Elena émit un petit sifflement.

« Ah oui, elle va chercher loin quand même ! En tout cas, on est bien dans la même rhétorique, par rapport aux tags…

— Oui, c'est bien ce qui m'a surpris, car ça revenait à m'avouer qu'elle avait fait le truc. Elle a bien sûr nié même si elle était au courant et qu'elle approuve le message. Mais bon, étant enseignante, elle ne peut pas faire moins que désapprouver les dégradations. Pourtant, tu devines qu'en réalité, elle pense qu'un jour il faudra bien secouer le cocotier pour changer les choses.

— Quel est ton avis, alors ?

— Je ne sais pas trop, elle a l'air sincère. Je pense que si elle faisait quelque chose elle ne se cacherait pas. D'un autre côté, elle couvre peut-être un de ses copains militants. Et vous, vous en êtes où ?

— On arrive bientôt chez ce type, c'est un employé du restaurant qui nous en a parlé. C'est un ancien serveur, un peu sanguin apparemment, et qui aurait eu maille à partir avec le patron. Ce qui ne colle pas trop, c'est qu'il a une ferme et qu'il élève des bêtes. On va bien voir…

— Bon, très bien, à tout à l'heure alors…

— Attends ! Philippe veut te parler, je mets le haut-parleur.

— Bonjour, c'est au sujet du jeune qui a disparu au Maroc. J'avais mis une alerte Internet sur son nom : on a retrouvé son corps hier soir, sur une plage. Il a eu un accident en faisant du surf, il est mort noyé.

— Un accident ?

— Oui, il n'y a aucune raison de penser autre chose.

— En tout cas, la maman avait un juste pressentiment, intervint Elena, la pauvre, c'est vraiment horrible. »

Antoine encaissa l'info. Comme sa collègue et peut-être davantage, il avait été marqué par cette femme qui semblait déjà souffrir, comme si elle avait déjà ressenti dans sa chair la mort de son fils. Pourtant, elle avait cherché à se battre, elle était venue le voir, et même si son hypothèse n'était pas fondée, c'était une manière de conjurer le sort. Il regrettait d'avoir peut-être été trop indifférent mais, au fond, il ne pouvait rien faire de plus. Il coupa la conversation et quitta le port où il avait raccroché son vélo à la station *VélôToulouse*. En grimaçant, il grimpa l'escalier pour traverser le canal. L'entraînement d'hier soir avait été rude, il était plein de courbatures. Quelle idée de se remettre au rugby à quarante-cinq ans…

***

Brusquement, Philippe quitta la route pour un chemin de terre, entre deux champs fraîchement labourés. Ça doit être là !

Après s'être arrêté à hauteur de la boîte à lettres pour vérifier le nom, il s'engagea en direction de la ferme que l'on devinait à trois cents mètres environ au milieu d'un bosquet. Il se gara dans la cour et, avec Elena, ils descendaient et se dirigeaient vers la maison, quand ils entendirent du bruit du côté de la grange.

« On va voir par là ?

— *Certo.* »

La grange abritait du matériel agricole, un tracteur et divers engins, et dans le fond une partie étable, avec des brebis qu'un homme était en train de nourrir. Et là… Les deux visiteurs n'en crurent pas leurs yeux. Ils marquèrent un temps d'arrêt. Se regardèrent. Tournèrent la tête à nouveau vers le berger, bouche bée, les yeux écarquillés.

Enfin, l'homme se tourna vers eux: un chapeau de *buschman* crasseux, les cheveux mi-longs tombant dans la nuque, un visage rond presque oriental avec une moustache encerclant la bouche, façon James Coburn, un cigarillo coincé dans les dents, aux pieds des bottes en caoutchouc et… pour le reste… entièrement nu.

Il mesurait un mètre soixante environ, le torse fatigué, le ventre rebondi, des jambes de coq, une fourche à la main et tout son attirail pendouillant là.

Elena, se retenant de pouffer, détourna la tête.

« Vous êtes qui, vous? Qu'est-ce que vous foutez chez moi?

— Vous êtes bien Dominique Armagnac? questionna Philippe.

— Et alors? Ça me dit pas ce que vous voulez. »

Philippe expliqua leur qualité d'enquêteurs privés, en lui montrant sa carte du CNAPS[4], et qu'ils souhaitaient lui poser quelques questions au sujet d'un de ses anciens employeurs.

« Qu'est-ce que vous me racontez? Et votre copine, elle a un souci, ou quoi? L'a jamais vu un mec à poil? »

Une voix féminine, avec un fort accent guttural, les fit se retourner.

« Bonjour m'sieur, dame!

4- Conseil national des activités privées de sécurité, organisme qui délivre les agréments professionnels pour les enquêteurs privés, en lien avec la préfecture.

— Bonjour madame » lancèrent-ils en cœur et de nouveau ébaubis. Car la femme aussi était entièrement nue, avec des bottes en caoutchouc également aux pieds. Blonde, la cinquantaine, grande et les épaules carrées, la poitrine lourde, les cuisses épaisses, elle avait tout de la walkyrie.

Il y eut comme un blanc. Les deux intrus étaient un peu gênés mais l'arrivée de la femme sembla adoucir l'attitude de Dominique Armagnac.

« Voici ma femme, Hilde. Allez, venez va. On va prendre un café. Hilde est Hollandaise, c'est elle qui m'a encouragé à passer à l'agriculture biologique et qui m'a aussi initié au naturisme. »

Elena et Philippe se retrouvèrent donc assis autour d'une massive table de chêne, dans la cuisine aux murs de briques. Une large verrière offrait une vue panoramique sur les champs vallonnés du Lauragais et la sérénité du lieu parvenait presque à détendre nos deux enquêteurs. Dans une casserole en aluminium cabossée, leur hôte réchauffa un reste de café avant d'en remplir des mazagrans. À l'autre bout de la table, sa femme s'était mise à éplucher des pommes rabougries avec son opinel.

« Vous voulez de la prune ? » Et joignant le geste à la parole, il attrapait dans un buffet une bouteille d'eau-de-vie. Devant le refus de ses invités, il s'en versait, comme par dépit, une bonne rasade dans son café tandis que la femme levait un sourcil de réprobation.

« Nous voulons vous parler d'un de vos anciens employeurs, attaqua d'emblée Elena. Monsieur Cardaillac, ça vous dit quelque chose ?

— Ce truand ! Bien sûr que je le connais, j'ai bossé six ans comme barman dans son restaurant.

— Vous n'avez pas l'air de l'apprécier. Pourquoi vous dites *ce truand*?

— Parce qu'il arnaque tout le monde, ses clients, ses fournisseurs, ses salariés… J'en sais quelque chose! Et non, je ne l'aime pas trop. Quand j'ai commencé à élever des agneaux, après avoir arrêté ce boulot d'esclave, je suis retourné le voir pour lui proposer de l'approvisionner. Cette sombre merde m'a ri au nez. Tu parles, il préfère acheter de la viande surgelée qui vient du Brésil. Mais je m'en fous, je fournis les meilleures tables de Toulouse, même Sarran, de temps en temps, alors je me passe bien de ce baltringue.

— Vous savez que son restaurant a été récemment vandalisé, à plusieurs reprises? intervint Philippe.

— Et c'est pour ça que vous venez me voir? » s'énerva-t-il. La femme, au bout de la table, avait aussi levé la tête. « Vous ne manquez pas d'air, chez moi, à ma table. Je vous accueille et vous m'accusez?

— Je ne vous accuse de rien du tout. On explore toutes les pistes et on cherche à comprendre s'il y a une raison particulière de lui en vouloir.

— Des raisons? Il y en a plein, je vous l'ai dit, c'est un pourri. Mais moi je m'en tamponne de ce guignol. Je ne sais pas de quoi vous parlez et je veux pas le savoir. Regardez autour de vous, fit-il en ouvrant les bras pour embrasser le paysage, je suis le plus heureux des hommes. Vous croyez que je vais me mettre la rate au court-bouillon en m'occupant de ce con? Qu'il fasse ce qu'il veut, et si vous devez chercher des personnes qui pourraient lui en vouloir, croyez-moi, vous n'avez pas fini.

— Vous l'avez vu quand la dernière fois? tenta Elena.

— Je vous l'ai dit, je suis allé lui proposer nos produits, il y a quatre ou cinq ans, depuis je l'ai complètement oublié et je m'en porte pas plus mal. Vous avez d'autres questions ?

— Non, je crois que ça suffira » répliqua Elena en se levant.

En sortant de la maison, le gloussement violent d'un dindon les fit se retourner vers la droite. L'animal était devant la porte entr'ouverte d'un abri faisant office de garage car on apercevait la calandre d'un petit 4x4 Mitsubishi vert. Bientôt, plusieurs autres gallinacés rejoignirent leur congénère, jacassant en chœur.

« Vous voyez nous n'avons pas besoin de système d'alarme, s'amusa Dominique Armagnac. Et d'ailleurs, si vous êtes intéressés par de la viande de dinde ou d'agneau ? Nous faisons des colis de la ferme de deux kilos et demi ou cinq kilos, dans des sachets sous vide. Nous pouvons aussi vous les livrer, dans de jolies cagettes bien présentées.

— Oui, je me doute que l'habillage c'est votre truc ! répliqua Montaubric avant de monter dans la voiture. Au revoir monsieur Armagnac. »

Leur voiture lancée à fond dans les ornières du chemin de terre et brinquebalant dans l'habitacle, ils se jetèrent un regard.

« Tu as vu la voiture ?

— Verte !

— Trop beau pour être vrai.

— On a une piste mais bon, rien de sûr non plus. Je crois qu'on doit continuer la surveillance directe. Il y a eu trois attaques en quinze jours, il y en aura peut-être une autre. Mais si le type s'arrête là, je crois qu'on ne saura jamais le fin mot de l'histoire. »

L'extraction du sable, à quelques kilomètres de Freetown, en Sierra Leone, vide les plages et menace les habitations. L'érosion du littoral, dans certaines zones, peut atteindre six mètres par an et toutes les nuits, le bruit des moteurs des camions résonne sur les plages.

Dans certains villages, on peut voir les ruines de constructions dont les fondations se sont effondrées et beaucoup d'habitants voient se rapprocher inexorablement l'océan.

Même les extracteurs de sable reconnaissent que leur activité n'est pas durable et va ruiner un possible développement touristique.

Mais dans un pays où soixante pour cent de la jeunesse est sans emploi, ce juteux trafic est alléchant. Surtout qu'une grande partie du développement économique, depuis la fin de la guerre civile, repose sur les grands chantiers de construction. Le président Ernest Bai Koroma a même réalisé sa campagne électorale sur de tels projets dévoreurs de sable !

Pourtant, devant ce désastre, la prise de conscience des communautés du littoral provoque peu à peu un changement des mentalités.

Médina de Rabat

En fin d'après-midi, Élie déambulait dans les ruelles de la médina, il avait promis de rapporter des gâteaux marocains à la maison et il essayait de se rappeler où se trouvait une pâtisserie qu'il connaissait comme la meilleure de la ville.

Absorbé par sa recherche, il mit un moment à repérer les deux malabars. Ils n'étaient pourtant pas discrets dans leurs costumes noirs, ils ressemblaient à des Américains…

Après quelques changements de direction, pour être bien sûr qu'ils le suivaient à lui, Élie se retourna. Il ne savait trop que faire. Après les marchands de cuivre, les commerces se raréfiaient. En s'enfonçant dans le souk, n'importe quelle ruelle pouvait finir en cul-de-sac, ce qui n'était jamais bon lorsqu'on était suivi.

Pour commencer, il pouvait faire face. Pas question de les affronter bien sûr. Il y a vingt ans peut-être, mais là… Il voulait juste jauger la situation. Et puis, la foule était dense. À Rabat, ville du roi, la police était omniprésente, c'est pourquoi les touristes s'y sentaient généralement tranquilles. Policiers en civil ou indicateurs étaient partout dans la foule.

Les deux hommes, qui étaient chacun d'un côté de la rue, furent un instant surpris par sa volte-face mais, finalement, ils convergèrent vers lui pour lui bloquer le chemin. Deux types vraiment athlétiques, presque aussi grands qu'Élie, le cheveu ras, coupé en brosse, costumes anthracite, lunettes de soleil, le vrai cliché du barbouze nord-américain et, justement, il les entendit échanger en anglais. Ils avaient l'air déterminés et, pas de doute, c'était après lui qu'ils en avaient. L'avantage avec les Ricains, c'est qu'ils se baladaient dans le monde en pensant qu'on les attendait, qu'on allait se mettre à parler et vivre comme eux sur-le-champ et que de toute façon, les autres langues ou cultures n'avaient pas d'intérêt. Aussi, il y avait peu de chance que ces Texans dégénérés parlent arabe. Élie prit un bol en laiton ouvragé sur un étal et le jeta sur le premier homme qui, par réflexe, rattrapa l'objet au vol. Le marchand resta un peu stupéfait.

Élie, tout en bousculant la foule, se mit à crier :

« *Chfar*(5), Américain ! *Chfar* ! »

Un début de chahut se déclencha, un des hommes tenta de l'attraper mais Élie se défila tout en apostrophant et poussant le maximum de monde vers ses adversaires. Ce qu'il y avait aussi avec les Américains, c'est qu'au fond, pas grand monde ne les aimait, et vite se trouvèrent des hommes pour apostropher ces deux-là, même si la situation n'était pas très claire. Dans un marché, l'agitation ne demandait qu'à éclater. Élie, un peu essoufflé, en profita pour s'esquiver. Au coin d'une rue, il interpella un gamin :

5- Voleur

« Tiens petit, vingt dirhams, amène-moi jusqu'à la sortie et trouve-moi un taxi. »

Dans la Logan qui le ramenait à l'hôtel, il réfléchissait à toute vitesse. *Que venaient faire des Américains dans cette histoire?* En bousculant l'un d'eux, il avait senti la bosse d'une arme dans son holster. Des types des services, comme si ça ne suffisait pas entre les Marocains et les Français.

Arrivé à l'hôtel, il demanda à la réception de préparer sa note et monta dans sa chambre, chercher son bagage. Comme on ne la faisait pas à un vieux briscard, et qu'un couple de touristes montait dans l'ascenseur avec lui, il leur demanda s'il pouvait utiliser leur téléphone un instant, prétextant un défaut de batterie sur le sien. Privilège des cheveux blancs, le jeune couple s'empressa d'accéder à sa requête. Il trouva dans son portefeuille une carte de visite et téléphona à un chauffeur de grand taxi(6) pour demander à ce que l'on vienne le chercher en bas de l'hôtel pour un trajet jusqu'à Tanger.

Voilà une affaire rondement menée, quinze minutes plus tard il montait dans une antique Mercedes, sans trop d'illusions cependant sur le fait d'avoir semé d'éventuels adversaires.

Et de fait, Élie ne se rendait pas compte qu'à quelque distance, une voiture banalisée de la DGST le prenait en chasse tranquillement, avec à son bord le capitaine Guérif et son corpulent adjoint.

La route se fit néanmoins sans embrouilles et, après une courte pause, la voiture arriva vers vingt-et-une heures au

6- Au Maroc, les « petit taxis » effectuent les trajets dans les villes et périphéries, mais, pour aller d'une ville à l'autre, il faut prendre un « grand taxi ». Généralement, il s'agit de voitures pouvant embarquer six personnes (traditionnellement des Mercedes 300D des années 1980). Il faut attendre que le taxi soit complet ou bien payer au chauffeur les autres places.

port de Tanger. Élie espérait prendre un ferry dans la soirée pour l'Espagne. En face des quais, il se fit déposer dans un restaurant dont la patronne, héritière d'une famille de commerçants juifs établie dans la ville depuis cinq siècles, était à la tête d'un petit empire. Elle pourrait peut-être lui monnayer un ou deux services. Tanger était une ville à la croisée des mondes, un port immense, où tous les commerces se faisaient et où se faisaient commerce de tout. Les frontières naturelles ou administratives n'avaient jamais été un problème. Au contraire, des difficultés naissaient la valeur et… les profits.

Le décor n'avait pas trop changé depuis son dernier passage, la grande salle, avec son immense aquarium central, était décorée pour donner l'impression d'être à l'intérieur d'un sous-marin. Seule évolution, Élie perçut des discussions animées côté patio. Une véranda avait été aménagée en salon de thé. Un mobilier moderne et coloré, une connexion wifi et la discrétion du lieu attiraient la jeunesse du coin. Il se dirigea plutôt vers le bar, un peu en retrait, et commanda une bière *Stork*. Au barman en veste blanche galonnée, Élie demanda s'il pouvait parler à madame Muyal, en précisant sa raison sociale. Son entreprise de transport avait plusieurs fois travaillé avec la famille Muyal et, même s'il ne la connaissait pas personnellement, il était déjà venu dîner au restaurant avec des associés communs.

Madame Muyal ne tarda pas à arriver, à la suite du barman. La soixantaine, les cheveux blonds frisés, dans une robe caftan très modeste, elle sortait des cuisines où elle venait de préparer le menu du soir, alors qu'elle était sûrement la femme la plus riche de la ville.

« Comment allez-vous, c'est un plaisir de vous revoir, feignit-elle de le reconnaître. Merci de venir dans notre établissement, on s'est bien occupé de vous ? Le dîner sera bientôt prêt…

— Tout va bien, merci de votre accueil.

— Nous allons nous asseoir là-bas, si vous voulez, pour évoquer le bon vieux temps » s'amusa-t-elle, en dirigeant Élie vers une petite table isolée.

Une fois assis, il ne traîna pas à expliquer ce qui l'amenait. Il lui fallait rapidement prendre un ferry, sans perdre trop de temps à la douane. Il ne pensait pas avoir de soucis mais on ne savait jamais. Il suffisait que la police, pour on ne sait quelle raison, lui mette des bâtons dans les roues et il serait retardé plus que nécessaire. Comme il s'en doutait, madame Muyal pouvait trouver une solution. Elle passa rapidement un coup de fil au bar et revint s'asseoir.

« Nous allons attendre un ami douanier, il va faire au mieux, ne vous inquiétez pas. »

Moins d'une demi-heure plus tard, un homme en uniforme entrait dans le restaurant. Madame Muyal allait à sa rencontre et entamait une conversation avec lui. Elle revint vers Élie.

« Le prochain ferry est dans un quart d'heure. Il part pour Sète. Deux jours de navigation. Voici un billet, avec cabine et repas, pour quatre cent cinquante euros. Si vous le souhaitez toujours ? »

Et madame Muyal précisa qu'il convenait de rajouter deux cents euros pour son ami douanier qui allait tamponner le passeport et faciliter les formalités. Élie acceptait la proposition et quelques minutes plus tard, il était dans sa cabine tandis que le bateau quittait le port et le continent africain.

***

Quasiment au même instant, boulevard Lannes, à Paris, dans le 16e arrondissement, un groupe d'hommes en complet sombre quittait à pied l'ambassade de la Fédération de Russie tandis qu'une voiture officielle du ministère des Affaires étrangères les dépassait en trombe avec un petit coup de klaxon de connivence. L'un des hommes s'écartait du groupe pour répondre au téléphone.

« Allô ? Oui, je vois que vous avez essayé de me joindre plusieurs fois. Je ne pouvais pas répondre, j'étais avec le ministre dans les locaux d'une ambassade.

— Pardon monsieur, mais j'attendais vos instructions pour l'arrestation.

— Eh bien ! oui, allez-y mon vieux, comme convenu.

— C'est-à-dire que là c'est trop tard, il a quitté le pays. Nos collaborateurs sur place ont attendu les ordres jusqu'au dernier moment.

— Non mais vous plaisantez ? Pourquoi vous n'avez pas donné l'ordre ?

— À ce niveau, j'avais besoin de votre confirmation, monsieur… »

L'homme, à l'autre bout du fil, se demanda s'il n'était pas uniquement entouré d'incompétents. Il était à deux doigts d'exploser et puis se raisonna. À part se défouler, cela ne servirait à rien et lui ferait perdre du temps. Il réfléchit rapidement.

« Et cette histoire à Toulouse, que vous m'avez racontée ?

— Oui ? En fait, c'est la mère du gosse…

— Écoutez ! Voilà ce que vous allez faire… Là-bas, nos *collaborateurs* comme vous dites, nous n'en avons plus besoin. »

L'homme poursuivit sa conversation, en se hâtant pour rattraper ses collègues qui l'avaient distancé, afin de rentrer au Quai d'Orsay. La trentaine, un complet *dark-blue* certainement taillé dans le Sentier, du côté de la rue d'Aboukir, il était l'archétype de ces nouveaux jeunes loups qui investissaient depuis peu toutes les sphères du pouvoir politique en France.

Dans le sud-ouest de la France, les tempêtes hivernales de 2014 ont accentué l'érosion du littoral. On a pu noter un recul du trait de côte de près de vingt-quatre mètres à l'Amélie, le quartier sud de Soulac-sur-Mer dans le Médoc, de plus de vingt-deux mètres sur la plage du Trencat à La Teste-de-Buch, ou encore de dix-neuf mètres à Contis, dans les Landes.

Pourtant, les constructions sur le cordon dunaire, débutées avec l'essor du tourisme balnéaire dès le dix-neuvième siècle, se poursuivent encore, perturbant le travail naturel des vagues.

Et les systèmes de digues ou d'enrochement, destinés à contrer l'érosion, n'ont aucun effet, quand ils n'aggravent pas la situation.

D'ici à 2050, les prévisions annoncent un recul de cinquante mètres de la côte sableuse d'Aquitaine, de l'embouchure de la Gironde à celle de l'Adour.

Le trait de côte perd chaque année, en moyenne, deux mètres cinquante en Gironde et un mètre soixante-dix dans les Landes. Tandis que sur la côte plus rocheuse du Pays basque, l'érosion serait de vingt-cinq mètres.

Canal du Midi, Toulouse

Arrivé dans la péniche, Antoine commença par préparer une cafetière et puis déballa sur la table de réunion un colis reçu la veille. C'était de nouveaux modèles de traceurs GPS, plus petits et avec une carte SIM, ils se plaçaient facilement sur une voiture. Dès que la voiture se mettait en mouvement, le traceur se déclenchait et envoyait sa position, toutes les minutes, sur un site de géolocalisation. Avec ces systèmes de transmission, il n'y avait pas de notion de distance entre le traceur et le téléphone ou la tablette qui recueillait les infos. Comme pour un envoi de SMS, on pouvait être à côté de l'interlocuteur où à l'autre bout du monde, la communication fonctionnait de la même façon. Finies les histoires, comme dans les films, où les suiveurs ne devaient pas sortir d'un rayon de cinq cents mètres autour de leur cible.

Antoine retourna dans la mini cuisine, aménagée à la poupe dans l'ancienne cabine du marinier, et se servit un café, observant par un hublot les ondulations du canal. Quand il avait proposé à ses collègues ce projet de vendre leurs bureaux de la rue de Metz pour s'installer sur une péniche, il était un peu inquiet de leur réaction. Mais au contraire, ils avaient été tout de suite enthousiasmés.

Finalement, ce moment fut une étape importante.

Ils sortaient d'une période difficile, plusieurs affaires compliquées, notamment la dernière, pour laquelle il avait fini à l'hôpital. Et, s'il avait pu mesurer la solidarité de son équipe – à tel point qu'Elena avait failli y rester en se portant à son secours et que Philippe avait plusieurs fois flirté avec les limites de la légalité pour les sortir du pétrin – tout cela les avait laissés à cran, rincés.

L'aventure de la péniche avait été un renouveau. Il fallait de gros travaux de rénovation, acheter des meubles... Ils avaient tout fait eux-mêmes. À chaque moment libre, pendant presque six mois, ils s'y étaient attelés. Ce chantier avait achevé de tisser des liens forts entre eux et puis, maintenant, ils venaient travailler dans un lieu qui leur tenait à cœur.

Assis sur un tabouret, Antoine caressait le bois massif du petit bar. Ce n'était pas tellement un coup de marketing pour épater les clients – quand ils venaient c'est parce qu'ils avaient des problèmes et ils n'avaient pas trop la tête à regarder le décor – mais plutôt pour être dans un endroit bien. Se sentir chez eux.

La sonnerie de l'interphone le surprit. Il se dirigea vers l'entrée de la péniche, où patientait une femme, la trentaine, les cheveux bruns, avec des lunettes de soleil. Elle se présenta comme étant la demi-sœur d'Hakim Noguera, le jeune homme retrouvé mort, hier, sur une plage du Maroc. Un peu étonné par cette visite, Antoine la fit entrer pour la conduire jusqu'à son bureau, tout en lui exprimant ses condoléances.

« Je sais que ma belle-mère est venue vous voir pour essayer de retrouver Hakim. La police ne prenait pas nos craintes au sérieux et maintenant voilà… C'est pour ça que je reviens vers vous. Je voudrais que vous meniez une enquête.

— Je ne comprends pas… »

La jeune femme retira ses lunettes noires, ses yeux étaient rougis.

« Mon frère est mort, je veux savoir pourquoi et qui en est le responsable.

— Mais, il s'agit d'un accident, essaya d'intervenir Antoine d'une voix douce. Il faisait du surf. Il n'y a aucune raison de mettre cette version en doute.

— Mon frère avait horreur de l'eau. Il savait à peine nager.

— Vous êtes sûre de vous ? Je ne connaissais pas votre frère, mais à vingt ans, une bêtise est vite arrivée, on peut se laisser entraîner par un groupe. On peut vouloir épater une fille…

— Il ne serait jamais allé faire du surf… même pour suivre Alana Blanchard. »

Antoine n'était pas vraiment expert en surf, même s'il avait passé son enfance sur la Côte basque, du coup, il laissa glisser la référence… Mais il voulait bien admettre que pour quelqu'un qui ne serait pas très à l'aise avec la flotte, cela paraissait irréaliste de s'essayer au surf, à la limite faire de la planche à voile ou du *paddle*, avec un gilet de sauvetage…

« Vous insinuez qu'il peut s'agir d'un crime maquillé ? »

Elle resta silencieuse et le fixa, les yeux durs.

« Vous savez, depuis la mort de mon père il y a deux ans – ses yeux, s'embuèrent à nouveau et sa voix trembla un instant – je me suis beaucoup occupée de mon petit frère et je me suis rapprochée aussi de ma belle-mère. On veillait sur lui, vous comprenez. Et, quand elle est venue vous voir, on en avait auparavant discuté ensemble. Je continue à partager son avis. C'est à cause de l'enquête qu'il menait qu'il s'est attiré des ennuis. Je veux que vous cherchiez ce qui s'est passé. Qui a fait ça et pourquoi.

— Très bien, j'accepte de vous aider, mais êtes-vous sûre de vouloir entamer ce processus ? Cela va être long, pénible, votre frère va devenir un sujet d'enquête. Un sujet, c'est bien cela. C'est difficile à vivre, cela veut dire ne pas laisser passer le temps du deuil. Nous allons devoir parler de lui, de sa mort, et d'une façon qui va vous paraître froide et distancée. Je sais ce que c'est et c'est toujours très douloureux pour les proches…

— Ne vous inquiétez pas, et de toute façon, je n'ai pas le choix, il faut le faire.

— Bien, alors commençons par le début. J'imagine qu'il n'y a pas eu d'autopsie. Comment vous a été annoncée la nouvelle ?

— La mère d'Hakim a reçu la visite de gendarmes, chez elle, elle rentrait à peine de France.

— Qu'ont-ils dit exactement ?

— Ils lui ont dit que son fils était mort. Qu'il avait eu un accident. Une mort par noyade.

— Donc, la gendarmerie avait déjà validé la cause du décès et estimé qu'une autopsie n'était pas justifiée. Il n'y a eu qu'un examen sommaire. Ce que vous pouvez faire bien sûr, c'est prendre un avocat, intervenir auprès de la justice marocaine et exiger une expertise médicale supplémentaire. Mais vous êtes Française, ils vont mal le prendre, se braquer.

Vous pouvez vous rapprocher d'associations de victimes ayant des contentieux avec un pays étranger. Intervenir sur les réseaux sociaux, ça, personne n'aime, mais c'est long, il faut beaucoup d'acharnement et…

— Attendez. Pardon, je vous coupe. Vous voyez, quand Hafida a évoqué l'hypothèse de recruter un enquêteur, nous avons fait des recherches sur Internet, nous ne sommes pas venues chez vous par hasard. Si nous sommes venues chez vous et si je reviens aujourd'hui, c'est parce que nous savons que vous êtes efficace. Si je viens, ce n'est pas pour des conseils, c'est parce que vous pouvez faire plus qu'une enquête de police. Parce que votre expérience l'a déjà démontré… »

Bien, le recadrage. Même assorti d'un compliment, cela ne faisait jamais plaisir. Antoine était impressionné par la jeune femme, par sa froide détermination. Il observait son beau visage, ses yeux verts, son nez à l'arête fine et aux quelques jolies taches de rousseur.

Il servit des cafés et lui proposa de tout reprendre depuis le début, tranquillement. Elle devait lui parler de sa famille, de son frère et de la vie qu'il menait, entre la France et le Maroc. Des liens qu'ils avaient. Tous les détails pouvaient être importants, pour qu'il puisse dresser un tableau de la situation.

Marion Noguera expliqua que son père, il y avait quelques années, avait décidé de prendre sa retraite anticipée et d'aller vivre au Maroc, avec sa deuxième femme.

« Après Hakim, ils ont eu deux enfants de plus, des jumeaux, une fille et un garçon, qui ont dix ans maintenant. Hakim en était fou, il était tout le temps avec eux, ils formaient une famille vraiment heureuse, j'étais contente pour mon père. Je ne l'avais jamais vu aussi bien. Quand Hakim a terminé sa scolarité au lycée français, il a préféré s'inscrire à la fac de Toulouse. Hafida est professeur de littérature française à l'université de Rabat, Hakim aurait pu poursuivre ses études là-bas mais il voulait plus d'indépendance, c'est normal... Et puis... »

Elle s'interrompit un instant.

« Et puis mon père a eu ce cancer, foudroyant, j'ai à peine eu le temps d'arriver à son chevet quand on a compris la gravité de sa maladie. C'était terrible, en plus de la tristesse de perdre mon père, j'étais terrassée de voir la souffrance de sa famille. Après ça, les choses ont changé, bien sûr. Hafida a été admirable, elle a fait front, pour ses enfants, vous comprenez, il fallait qu'elle soit forte. Moi, je n'ai pas pu l'aider à ce moment, c'est même plutôt elle qui me soutenait. C'est là qu'Hakim a commencé à délaisser ses études, je crois qu'il cherchait une raison d'être, un combat à mener. Il passait désormais plus de temps au Maroc, presque l'année entière. Il militait, en politique mais aussi dans une association écolo. Il a mûri d'un coup, il était passionné. Avec sa mère, nous étions un peu inquiètes, bien sûr, mais nous ne pouvions nous empêcher d'avoir de l'admiration pour l'homme qu'il devenait. Même si je le voyais moins souvent, j'étais toujours en contact avec mon frère. Il me racontait parfois ses occupations surtout depuis quelques mois. Je le sentais fébrile, il me racontait qu'il avait trouvé quelque chose d'énorme. J'avoue qu'entre mon travail et ma propre famille, je ne m'y suis peut-être pas suffisamment intéressée. »

Elena et Philippe revenaient à la péniche, au moment où Marion achevait son récit et Antoine fit les présentations.

Il leur expliqua la situation et les souhaits de leur cliente. La mort du jeune homme paraissait suspecte, il fallait commencer par vérifier ça et ensuite chercher si la thèse de l'homicide reposait sur des éléments précis, s'il y avait un mobile… Marion répondit à leurs questions sur les habitudes de son frère et ses relations, du moins dans la mesure de ce qu'elle connaissait. Elle quitta la péniche épuisée, elle avait l'impression de ne pas avoir du tout avancé, elle s'en voulait de savoir si peu de chose sur son frère, sur ses activités des deux dernières années. Dans quoi s'était-elle lancée, pourquoi être si affirmative alors qu'elle n'avait aucun élément concret ? Elle demandait à cet enquêteur de chercher les preuves d'une histoire qui peut-être n'existait pas.

Sept îles du détroit de Macassar, dans l'archipel de Bornéo, ont été englouties, suite à l'extraction intensive de sable, – jusqu'à trois millions de mètres cubes par mois. Ce sable est exporté principalement vers Singapour, où on l'utilise pour étendre les terres. La pêche a aussi beaucoup diminué. Une enquête des Nations Unies a démontré que les fines poussières issues de l'extraction peuvent être emportées par les courants marins sur des distances de trente-sept à cinquante-cinq kilomètres, l'eau devient marron et cela impacte les mangroves, les plages et les récifs de corail. Cercle vicieux, de nombreux pêcheurs, pour survivre, sont devenus des extracteurs de sable. À Bornéo, l'extraction se poursuit sur les plages et les montagnes, ravageant les forêts de mangrove et l'ensemble de l'écosystème. Mais les dix-huit millions de tonnes de sable extraites chaque année ne sont pas uniquement exportées, elles servent aussi pour construire les autoroutes Trans-Bornéo et Trans-Papua, qui constituent des voies de transport pour le bois tropical, l'huile de palme et le minerai. Ainsi, on ravage d'un côté, pour construire des routes qui servent à détruire plus loin.

Restaurant de Roger Cardaillac, boulevard de Strasbourg

Trois heures du matin déjà passées… Elena et Philippe étaient en planque depuis la fermeture. Ils avaient vu les employés sortir, puis le patron. Le boulevard était animé de son activité nocturne, voitures se risquant à des accélérations, groupes de noctambules plus ou moins bruyants, patrouille de police ou taxi en maraude…

L'attente s'annonçait pénible.

Dans ce genre de situation, en compagnie de la taiseuse Elena, son collègue se sentait toujours obligé d'égayer l'atmosphère.

« Je te raconte une histoire ?

— Pitié, protesta faiblement Elena.

— Tu sais pourquoi le crapaud va dans l'eau ?

— Non.

— Pour avoir la raie nette. »

Philippe pouffa comme un collégien, heureux de sa blague.

« *Ma perché ridi? Non ho capito niente!* Tu m'agaces! » râlait Elena, tu sais très bien que je ne comprends jamais rien à tes histoires.

Un peu désappointé, Montaubric, ne se décourageait pas pour autant et réfléchissait déjà à une nouvelle devinette.

Ce moment de bonne camaraderie aurait pu se poursuivre si un petit 4x4 vert n'avait stoppé devant le resto. Leur suspect en descendit, habillé cette fois et un bonnet sur la tête. Il n'avait pas l'air de trop se soucier d'être vu ou pas. Tranquillement, il prit un seau de peinture dans son coffre: on aurait dit qu'il voulait passer à l'étape supérieure, la petite bombe aérosol ne lui suffisait plus...

Les deux détectives ne bougèrent pas. Après tout, ils avaient gardé leur place depuis un assez long moment pour en profiter. Simplement, Elena leva son appareil photo, pour recueillir quelques preuves.

Mais, ils n'eurent pas le temps d'admirer les créations de leur pâtre tagueur, parce que le patron du restaurant s'expulsait d'une voiture qu'ils n'avaient pas remarquée, et fonçait vers lui.

Avec une barre de fer à la main, vociférant comme un bœuf, il ne cachait pas ses intentions. Elena voulu intervenir mais Philippe la retint par le bras, amusé.

Le gros Cardaillac, agitait sa barre et menaçait. Un instant surpris, Dominique Armagnac se rua sur lui, l'attrapa par le col et lui asséna un joli coup de tête. De l'autre côté de la rue, dans leur voiture, ils entendirent le choc, de quoi assommer un cheval. L'autre accusa le coup, un bon moment, et puis recommença à mouliner des bras.

« J'étais sûr que le petit savait y faire, rigolait Philippe.

— Oui mais à force, avec sa barre, il va finir par le toucher et lui broyer les os. On doit y aller avant que ça finisse mal.

— Bon, bon, OK, on y va… »

Elena, toujours efficace, en trois enjambées, se retrouva interposée entre les deux hommes. Son corps était très mince mais il y avait quelque chose, dans son attitude, son regard, qui annonçait tout de suite qu'elle était sérieuse. En général, ceux qui avaient un peu d'expérience comprenaient. Ceux qui avaient en réalité plus de gueule que de qualités de bagarreurs, comprenaient trop tard. Elle semblait faire face à Armagnac pour protéger leur client mais en vérité c'était plutôt le petit éleveur qu'elle était prête à couvrir si la barre de fer s'abattait. Derrière elle, Montaubric, plus véloce qu'il n'y paraissait, malgré son embonpoint, était déjà là. Il désarma Cardaillac et le maintint à distance.

Une pluie d'insultes tomba sur les deux détectives. À quoi ça lui avait servi de les embaucher, puisqu'il avait dû faire lui-même tout le boulot. Et, en plus, au moment où il tenait le coupable, ils venaient le protéger !

Armagnac n'était pas en reste qui les traitait de flicaille à la demi-semaine, supplétifs de la Gestapo ou autres amabilités…

Il leur fallut presque une demi-heure pour calmer les deux belligérants et les renvoyer chez eux. En démarrant sa BMW, le restaurateur leur criait qu'ils pouvaient toujours s'asseoir sur leurs émoluments et surtout qu'ils ne s'avisent pas un jour d'entrer dans son restaurant, il leur ferait passer la porte sans toucher le sol.

***

En début d'après-midi, dans la péniche, Antoine et ses collègues étaient réunis pour faire un topo et clore l'affaire du restaurant. Philippe racontait, encore en rigolant, leur nuit agitée et l'altercation entre les deux hommes.

« Il faut croire qu'ils étaient restés sur un sacré contentieux, poursuivit Elena, pour qu'Armagnac rumine son ressentiment pendant toutes ces années.

— Oui, dans son cas, effectivement, on pouvait dire que la vengeance est un plat qui se mange froid. »

Maintenant, ce qui allait advenir ne les regardait plus. Même s'il avait réagi avec violence, en voulant se faire justice lui-même, le restaurateur pouvait toujours porter plainte. C'était son droit.

« Peut-être qu'il va y réfléchir à deux fois, supposa Elena, maintenant qu'il a pu constater que son ennemi avait la rancune tenace...

— En tout cas, concluait Antoine, je crois qu'il a mal compris les termes de notre contrat. Il pensait quoi ? Que notre job consistait à lui apporter le coupable tout ficelé sur un plateau ? Pour qu'il puisse lui taper dessus ? Non mais, d'où il sort ce type ?

— Je te l'avais dit, acheva Elena, c'est un gros rustre et puis, il a l'habitude que tout le monde lui obéisse. Enfin... tout le monde, sauf monsieur Armagnac ! »

Ils en étaient là de leur discussion quand Marion Noguera les rejoingnit. Antoine lui avait demandé de venir participer à leur réunion, pour faire un point sur les premiers éléments de l'enquête. Il lui expliqua qu'ils avaient commencé à travailler d'après les notes de son frère Hakim et ses recherches sur les chantiers de travaux publics.

Évidemment, quand il s'agissait de gros chantiers, les soupçons ne manquaient pas: versements de pots-de-vin, construction sur des terrains dangereux, blanchiment d'argent, exploitation d'ouvriers, utilisation de matériaux nocifs, accidents de travail...

« On peut imaginer des tas de scénarios, conclut Antoine, dont un, lié plus spécifiquement à la situation: ces chantiers publics sont soumis à des appels d'offre et si des sociétés françaises y sont mêlées, on peut aussi imaginer une influence diplomatique, des interventions politiques, bref, rien de bon pour nous!

— Dans ses notes, poursuivit Philippe Montaubric, le mot *sable* revient souvent, *guerre du sable*, *sable de sang*... Des photos également, on dirait que ses recherches se centraient là-dessus... Du coup, on a commencé à creuser, si je peux dire... Et c'est là que ça devient intéressant. Comme disait Antoine, quand on parle du BTP, on imagine toujours les mêmes magouilles. Mais, peut-être que votre frère avait trouvé quelque chose de nouveau, quelque chose qui aurait pu faire scandale. J'ai fait quelques recherches et, partout dans le monde, la ressource indispensable pour la construction, c'est le sable. Et, contrairement à ce que l'on pense, on n'en trouve pas partout. Dans un pays comme le Maroc, c'est le paradoxe, le sable du désert ne peut pas être utilisé, il ne sert à rien. Du coup, quand une ressource est rare et nécessaire, tout devient possible pour se la procurer et bien sûr, cela attire la convoitise des mafias... »

Elena intervint à son tour. Elle s'était isolée tout à l'heure pour avoir une conversation, via Skype, avec un ami, en italien.

« J'ai contacté un vieux copain en Libye. Omar Rashan est journaliste, je l'ai connu quand j'étais en poste à l'ambassade italienne de Tripoli, pendant mon service militaire. C'est quelqu'un de confiance. »

Philippe Montaubric se retint, à cause de la présence de leur cliente, de demander si elle en pinçait pour lui, mais ça lui coûta.

Même si elle avait cru apercevoir un éclat malicieux dans le regard de son collègue, Elena, toujours sérieuse, continua :

« Il m'a lui aussi confirmé l'existence d'un trafic de sable. L'an dernier, il avait entendu parler de fusillades à propos de chargements de camions sur une plage. Au début, il ne voulait pas y croire : des morts pour du sable ! Et puis, il s'était un peu renseigné : effectivement il existe tout un trafic. Le sable est exporté vers l'Italie ou le sud de la France, c'est un marché très juteux. À certains endroits, on peut voir le recul de la plage, quand ce n'est pas la disparition complète. Il voulait enquêter davantage et dénoncer ce scandale, mais il y a tellement d'autres problèmes dans son pays… Ce qui est sûr, c'est que des hommes sont capables de tuer pour cette manne. D'après lui, il s'agit d'une nouvelle ruée vers l'or. »

Marion encaissait les informations sans rien dire, son visage était fermé. Parfois seulement, passait comme une onde de colère ou d'effroi qui dessinait un faible rictus sur ses lèvres et rendait ses yeux plus durs. Elle ne comprenait pas que son frère soit mort pour du sable. Mais cela renforçait aussi sa détermination : il fallait trouver les responsables de ce crime absurde. Depuis qu'elle avait appris la mort de son frère, elle s'accrochait à cette colère. Elle n'avait pas flanché, elle ne flancherait pas. Ils allaient payer. Et en plus, elle achèverait le combat de son frère.

Elle devait partir maintenant, son avion était à dix-huit heures. Elle avait décidé d'aller soutenir sa belle-mère, au Maroc. Comme prévu, Antoine l'accompagna en voiture jusqu'à Blagnac. Du coin de l'œil, en déboîtant sur le boulevard, il la jaugea. Son front plissé, ses yeux verts qui ne décoléraient pas, elle était dans ses pensées et cela semblait très noir. L'affaire était délicate, c'était sûr, surtout à cause de la distance, mais ils allaient activer leurs réseaux et il ne doutait pas de pouvoir lui apporter bientôt des réponses. Comme elle lui avait parlé de son travail de médecin du sport au Médipôle, il tenta une diversion tandis qu'il s'engageait vers la rocade.

« Et pour votre travail, vous n'avez pas eu de difficultés à vous absenter ? »

Elle eut comme un léger sursaut et se tourna vers Antoine en souriant.

« Vous savez, dans une clinique, il n'y a jamais de moment idéal pour prendre des jours. Mais bon, j'ai pu m'arranger : un confrère va s'occuper d'une partie de mes patients et j'ai pu faire décaler plusieurs rendez-vous.

— Et votre mari ?

— Ça va, il comprend, il me soutient. Il trouve juste que je parle beaucoup de vous depuis deux jours » s'amusa-t-elle.

Antoine sourit. Il connaissait peu cette femme, mais ce qui l'impressionnait, c'était sa force et sa capacité, à tout moment, à prendre du recul pour gérer ses émotions. Nul doute qu'elle était profondément ébranlée par la disparition de son frère, mais on aurait dit qu'elle ne voulait pas que sa peine soit un handicap. Elle voulait être efficace, elle s'était fixé un objectif. Peut-être qu'elle s'arrangerait plus tard avec sa douleur… C'est du moins, ce qu'il pensait.

Dans le parking de l'aéroport, Antoine, avec une sorte d'appréhension, regardait s'éloigner sa cliente, lorsqu'il reçut un appel téléphonique.

« Allô, monsieur Mesabki ? Natacha Lebel. Nous nous sommes croisés à Rangueil, c'est le docteur Maurel qui m'a donné votre numéro, vous vous souvenez ?

— Oui, très bien, je me souviens, répondit Antoine, un peu surpris.

— Voilà, je… j'aimerais faire appel à vous. À votre agence, je veux dire, hésita son interlocutrice.

— Oui, bien sûr, je vous écoute madame Lebel.

— Peut-on se rencontrer plutôt ?

— Alors, le mieux est de fixer une date, car nous ne sommes pas toujours présents dans nos bureaux.

— Si cela ne vous fait rien, je préférerais que l'on se voie ailleurs, je suis un peu mal à l'aise à l'idée de venir dans une agence de détectives. »

Antoine ne se voyait pas repousser cette requête et ils finirent par convenir d'un lieu et d'un jour de rendez-vous. C'était curieux cet appel de l'historienne de l'art, qui pourtant l'avait toisé avec sévérité l'autre jour…Mais pour l'instant, il avait d'autres chats à fouetter, il devait s'arrêter au restaurant de Cardaillac pour lui apporter la facture. Rien que d'y penser il eut un mouvement d'humeur : *Il ne va pas me la faire à l'envers, celui-là. Tout travail mérite salaire !*

Dire qu'il avait préféré y aller à la place de Montaubric, pour éviter le conflit…

Aux États-Unis, on estime que des barrages ont été construits, depuis le dix-huitième siècle, au rythme d'un par jour en moyenne. L'inventaire national fait par le Service du génie de l'armée américaine – US Army Corps of Engineers – recense plus de quatre-vingt mille barrages, mais si l'on rajoute les ouvrages de petites tailles, on arrive au total de deux millions.

Or, les barrages ne retiennent pas que l'eau, le sable y est aussi stoppé et ne peut plus parcourir son périple jusqu'à la mer.

Au Tadjikistan, le plus haut barrage du monde se dresse à trois cent quatre mètres, en travers du fleuve Vakhch.

Le barrage des Trois-Gorges, en Chine, est le plus grand ouvrage hydroélectrique du monde, avec une retenue d'eau de six cents kilomètres de long et on prévoit que d'ici 2020, dans ce pays, aucun cours d'eau n'atteindra plus la mer.

Pas moins de huit cent quarante-cinq mille barrages sont dénombrés dans le monde et un quart du sable de la planète en est prisonnier.

Commune d'Ain Harrouda, au nord de Casablanca

François Gauthier surveillait l'avancement de son chantier dans l'éco-cité de Zenata, entre Mohammédia et Casablanca, mille huit cents hectares d'une ville nouvelle devant reloger les habitants des bidonvilles rasés et accueillir les classes moyennes de la première métropole du royaume.

L'œuvre de sa vie, le rêve de tout entrepreneur : bâtir une ville.

Bien sûr, sa société n'était pas la seule sur le coup, mais il avait pu se tailler une belle part du gâteau : des millions de mètres cubes de béton, des kilomètres de poutrelles d'acier, un océan de verre, des centaines d'emplois directs et indirects.

Qu'on ne vienne pas lui dire après ça qu'il ne faisait pas œuvre d'intérêt général. Bien sûr qu'il y trouvait son compte, manquerait plus que ça ! avec tout l'investissement qu'il y consacrait et les cheveux blancs qu'il s'y faisait…

Mais après ce coup, il serait tranquille. Entre les bénéfices engrangés par sa société et tout ce qu'il récupérait par en dessous, il pourrait prendre sa retraite et s'en aller d'ici royalement.

En espérant que la mort du jeune fouineur ne lui cause pas trop de soucis. Ça avait tout l'air d'un accident, mais c'était tout de même étrange. Depuis qu'il avait disparu d'ailleurs, et que sa mère avait commencé à faire du barouf, il n'était pas rassuré. Tout ça était vraiment bizarre et il n'arrivait à obtenir aucune info. Comme si tout le monde était dans l'ignorance ou bien avait peur de lui parler – ce qui serait vraiment le pire car cela signifierait un gros danger dans les parages.

En tout cas, le morveux avait crevé.

Retrouvé tout blafard et à moitié bouffé par les crabes sur une de ces plages qu'il prétendait sauver : la nature est ingrate. Arf, arf !

Mais si on voulait rester dans cet esprit, il ne faudrait pas que ce gosse à papa devienne un grain de sable dans les rouages de sa belle entreprise.

Ça allait bien maintenant, tous ces écolos qui le faisaient suer pour ces histoires de sable.

Le sable n'appartenait à personne, donc à tout le monde.

Et puis, on en prenait un peu, les vagues en ramenaient un peu plus.

On coupait bien des arbres dans les forêts.

C'était ça la civilisation.

Bâtir à partir de ce que la nature avait mis à notre disposition.

Autrefois, avec du bois là où il y avait des forêts, avec de la brique là où il y avait de la terre, des pierres là où il y avait des carrières…

Aujourd'hui, on construisait avec du béton.

Et pour ça, du sable : il y en avait partout.

Ils voulaient quoi ces guignols, qu'on redevienne des troglodytes ?

Il s'apprêtait à rentrer dans l'Algeco qui lui servait de bureau quand une voiture s'arrêta à proximité et que deux hommes en descendirent et se dirigèrent droit sur lui. Le premier, en blouson de cuir noir, chemise grisâtre et cravate relâchée, l'observait méchamment. Derrière lui, un colosse difforme semblait émerveillé par l'agitation qui régnait sur le chantier et promenait un regard béat sur les grues et les camions toupies. Jusqu'à ce que son attention se focalise sur Gauthier et qu'un éclat malsain brille alors dans ses yeux, comme s'il observait une nouvelle proie.

Gauthier fut parcouru d'un frisson, il s'apprêtait à indiquer aux deux intrus que les lieux étaient interdits au public mais il resta sans réaction. Il ne se demanda même pas pourquoi il payait, inutilement, des agents de sécurité.

« Monsieur Gauthier ? questionna le premier qui semblait être le chef.

— Oui, c'est moi, répondit-il la gorge nouée. » Puis, il essaya de se reprendre en leur disant que le chantier était interdit.

« Nous sommes dans notre pays, monsieur Gauthier et nous allons où nous voulons » répliqua agressivement le policier en lui plaquant sa carte officielle devant le nez. Puis il continua, sur un ton ambigu.

— Nous enquêtons sur la mort d'un jeune français et tout nous porte à croire qu'il y avait un lien entre lui et vous… »

Gauthier sentit son appréhension augmenter. Depuis le début il savait que cette histoire était inhabituelle. Il tenta de faire bonne figure.

« J'aimerais comprendre de quoi vous parlez. C'est une drôle de façon de procéder: votre ministre, que je connais bien d'ailleurs, serait peut-être étonné...

— N'essayez pas de jouer à ce jeu avec moi » l'interrompit brutalement le policier, et derrière lui le colosse fit mine de s'ébranler en grognant. Le capitaine Guérif le stoppa d'un geste négligeant de la main et poursuivit.

« Vous savez très bien de qui je parle. Il menait une enquête sur votre travail, il avait dû trouver des choses pas nettes et voilà, il est mort. Mince alors, c'est dommage! En tout cas, moi, dans ses affaires, je trouve votre nom partout... Qu'est-ce que j'en déduis ? On dirait que ce jeune s'intéressait à la protection de la nature. Et vous, qu'est-ce que vous faites monsieur Gauthier ? Vous construisez sur les plages de mon pays, vous coulez du béton partout. Remarquez, moi j'y connais rien. J'aime bien vos immeubles et vos magasins. C'est bien aussi, si on peut aller acheter dans des grands centres commerciaux et habiter dans des immeubles en bord de plage, comme chez vous, en France. Mais, votre jeune compatriote, lui, il trouvait que c'était pas bien. Que c'était dommage que les périphéries de nos villes deviennent comme celles du monde entier. Il voulait que la plage reste comme elle était. Alors, du coup, qu'est-ce que je dois en penser, moi ? »

Gauthier était abattu, mais en même temps, il croyait deviner où l'autre voulait en venir. Ce n'était peut-être pas si grave que ça au fond, il devrait s'en sortir avec un bakchich.

Pourtant, il n'arrivait pas à se rassurer. Et si c'était autre chose ? Et puis, ces deux-là faisaient vraiment peur.

À une centaine de mètres d'eux, une voiture était arrêtée, aucun des trois protagonistes n'y fit attention et ne devina l'appareil photo qui capturait leur image. Quand il pensa avoir suffisamment de clichés, le photographe remonta la vitre et démarra en enclenchant avec plaisir la climatisation. Il ne faisait pas énormément chaud mais le soleil avait vite fait de cogner sur les vitres d'une voiture. Avec un kleenex, il essuya la transpiration sur sa nuque rasée. Il n'allait pas se plaindre, en automne, on était mieux ici qu'à Paris. Maintenant, il lui restait encore à sortir de ce chantier pharaonique, sans trop se perdre, car il avait un avion à prendre.

***

À Toulouse, du côté du quartier Soupetard, Antoine, après s'être garé sur le parking du stade Surcouf, attrapait son sac de sport dans le coffre, quand il reçut un appel de Marion. Elle semblait soulagée de l'entendre répondre, elle voulait juste lui donner des nouvelles de son arrivée au Maroc et aussi lui signaler qu'elle avait trouvé quelques indices supplémentaires dans les affaires de son frère. Elle se trouvait dans sa chambre. Ce qu'elle ne disait pas, c'est qu'en entrant dans la pièce, à l'instant où elle avait passé la porte, elle avait complètement perdu pied. Assise sur le lit, tentant de lire quelques papiers avec l'écriture de son frère, elle avait senti le courage la fuir et c'est pourquoi elle avait appelé Antoine, pour tenter de se ressaisir. Elle lui expliqua donc qu'elle devait un peu faire le tri dans tous ces documents, pour voir s'il y avait des informations nouvelles à en tirer. Elle lui dit aussi qu'elle avait récupéré le téléphone de son frère. Il était dans la voiture. « Une raison de plus, d'avoir des soupçons : comment croire qu'il soit parti pour une virée sur la plage sans emporter son téléphone ? »

Antoine était bien obligé de reconnaître qu'elle avait raison, même s'il savait que parfois, n'importe qui pouvait se comporter de manière irrationnelle. Il avait déjà remarqué aussi, que certains jeunes pouvaient être moins *geek* que les plus anciens…

Marion poursuivait en lui avouant qu'elle avait essayé de fouiller dans l'appareil pour tenter de trouver quelque chose mais que c'était au-dessus de ses forces. « Vous n'êtes pas obligée de faire ça. Contentez-vous d'aller dans le journal et relever ses contacts les plus fréquents. Distinguez les numéros marocains des français et faites-en des listes. Si vous pouvez ensuite m'envoyer tout ça par mail, ce sera très bien. » Oui effectivement, c'était une bonne idée, elle lui confirma qu'elle le ferait le plus rapidement possible. Elle raccrocha un peu réconfortée.

La paléovallée de la Loire produit à l'embouchure du fleuve une réserve importante de granulats marins qui fait l'aubaine des entreprises extractrices. Trois sites d'extraction sont actuellement concédés au large des Pays de la Loire :

Le site du Grand Charpentier, actuellement non exploité, à la sortie de l'estuaire de la Loire couvre une surface de dix kilomètres carrés. Écchéance de la concession en 2032.

Le site du Pilier au large de l'Île de Noirmoutier couvre une surface de huit kilomètres carrés deux cents (échéance de la concession en 2018).

Le site du Payré au large des Sables-d'Olonne couvre une surface d'un kilomètre carré deux cents.

Deux sites d'extraction sont par ailleurs en projet à la limite des douze milles : sites de Cairnstrath et Astrolabe.

Ces espaces, qui sont également des zones de pêche, sont source de conflits d'usages et les concessions sont accordées suite à des études sur l'impact halieutique.

La concession dite « du Payré », par exemple, n'est pas une zone de frai ni une zone nourricière ; elle a été accordée par décret le 12 novembre 2013 avec des volumes annuels limités à trois cent cinquante mille mètres cubes.

Le sable extrait, de type siliceux, est destiné à faire du béton.

Musée d'art contemporain Mohammed VI, Rabat

Le taxi déposa Marion devant le musée d'art moderne, c'est dans le salon de thé de l'établissement qu'elle devait rencontrer Fouzia Msougar, géologue à l'Institut scientifique de Rabat. Depuis son arrivée la veille, elle n'avait pas chômé. Même si cela avait été pénible, elle avait trié les documents dans la chambre de son frère ainsi que dans son agenda et son téléphone. Elle en avait retiré certains noms de contacts, dont celui de cette scientifique avec qui Hakim avait eu une entrevue.

La façade du bâtiment, de style andalou-mauresque, était majestueuse même si on pouvait trouver étonnant de construire un musée d'art contemporain dans une architecture plutôt classique. Marion pénétra dans le hall et on lui indiqua la direction du bar. Elle n'avait pas remarqué qu'on pouvait aussi y accéder par la terrasse sur le côté. Elle poussa timidement la porte vitrée, elle était dans un jour où elle n'aurait pas voulu rencontrer de monde, ni être vue. Le genre de jour où, à Toulouse, elle aurait pris le métro le nez dans une écharpe, en espérant ne voir personne. À peine maquillée, elle portait son vieux sweat fétiche, avec jeans et baskets, et en pénétrant dans le bar, cela finalement rajoutait à sa gêne. Elle se dit que les Marocains allaient penser que ces Français étaient curieux de se sentir obligés de se vêtir comme des sacs quand ils venaient dans leur pays, et encore… elle aurait pu mettre un chèche. Cela la fit un peu sourire.

Mais, alors que la seule chose qu'elle aurait voulu faire, c'était de baisser la tête et d'aller s'asseoir dans un coin, elle était obligée de balayer l'assistance pour essayer de reconnaître son rendez-vous.

Sans doute que ce n'était pas juste une question d'humeur. Elle était surtout inquiète, parce qu'elle avançait dans un monde nouveau. Elle se rendait compte qu'il y avait une part de son frère qu'elle ne connaissait pas, qu'elle imaginait vaguement. Elle commençait à voir que ce milieu et cette ville, dans lesquels il évoluait comme un poisson dans l'eau, étaient étrangers pour elle. Elle pouvait essayer d'ouvrir les yeux, elle ne verrait jamais que la surface. Dans ses pensées négatives, elle continuait à parcourir du regard la salle, se demandant où pouvait être la scientifique et à quoi elle pouvait ressembler. Un serveur se dirigea vers elle ; comme il était très grand, elle baissa encore les épaules, elle était à deux doigts d'abandonner et à ressortir du bar. C'est à ce moment qu'elle vit une petite femme, seule à une table, se lever et lui faire signe.

« Bonjour, asseyez-vous, je vous en prie. Vous voulez du thé, ou autre chose ? J'appelle le serveur… »

Marion s'assit. Elle reprit confiance. Tout de suite, elle s'était sentie rassurée et à l'aise avec cette femme. Peut-être que c'était ce dont elle avait besoin. Elle se détendit un peu et sourit enfin.

Alors, elle réalisa que le lieu était plutôt sympathique et animé, il y avait quelques étrangers mais pas que… Il semblait que la cafétéria, ouverte sur l'extérieur, était au moins un succès de ce nouveau musée. Son visage s'éclaira, son sourire découvrant ses dents blanches. Elle passa, d'un geste, une mèche de cheveux derrière son oreille. Ses yeux verts, ayant repris leur éclat, attirèrent instantanément deux serveurs et elle fut vite servie.

« Vous savez, commença la géologue avec beaucoup de bienveillance, j'avais rencontré une fois votre frère, c'était un jeune homme très intéressant, très passionné. Ce qui lui est arrivé est terrible. Je vous présente mes condoléances.

— Merci madame Msougar. C'est en classant ses affaires que j'ai trouvé votre nom. C'est très aimable à vous d'avoir accepté de me voir. J'essaie de reconstituer les derniers jours qui ont précédé sa disparition. Vous savez, il enquêtait sur le trafic de sable, c'est pour cela je pense, qu'il vous avait rencontrée. Je crois que sa mort n'est pas accidentelle. J'en suis même convaincue.

Son interlocutrice baissa le regard.

« Je ne peux pas vous contredire, il y a effectivement beaucoup de violence dans ce milieu. À côté des entreprises qui exploitent cette ressource d'une façon plus ou moins légale, il y a aussi de véritables bandes mafieuses. C'est possible que votre frère ait malheureusement croisé leur route.

— On peut donc tuer pour du sable ? insista Marion.

— Hélas, c'est le nouvel Eldorado. La demande est si forte… Rien que dans la capitale, vous avez dû remarquer qu'il y a des chantiers à tous les coins de rue. Tout est bon pour s'enrichir avec *l'or blond*.

— Mais, il n'y a pas de contrôle du gouvernement ?

— Les lois ne sont pas assez sévères et des concessions sont accordées sans surveiller les quotas. C'est d'ailleurs bien dommage : au-delà de l'aspect environnemental, l'État se prive de recettes fiscales estimées à plus de cinq milliards de dirhams par an. Mais le problème est connu et parfois certains s'insurgent. Alors, des entreprises proposent du *sable vert*. Comme par exemple, les sociétés qui draguent le sable au large des côtes.

— Ah oui, c'est quand même mieux, non ? Elles ne ratissent pas le sable des plages… »

Fouzia Msougar soupira. Elle s'exprimait d'une voix douce mais déterminée. Marion observait ses mains, aux doigts épais et crevassés, aux ongles courts, des mains calleuses de paysanne. Elle se plaisait à imaginer la petite femme plus souvent sur le terrain que dans un laboratoire, à creuser la terre d'oueds asséchés et affronter seule des divisions de pelleteuses pour sauver quelques cailloux rares.

« Non, ce n'est pas mieux. Sur de grands bancs de sable, si on ponctionne une quantité raisonnable et que l'on se déplace ailleurs, à la limite ça peut aller, mais qui va contrôler ? La couche de sable, au fond des mers, n'est pas très épaisse, et si vous creusez à un endroit, le sable glisse plus loin. Comme un enfant qui fait un trou dans la plage : quand il creuse le fond de son trou, les parois s'effondrent. C'est ce qui s'est passé en Indonésie où des îles ont carrément disparu. Ainsi, le dragage en mer, en plus de ravager l'écosystème, contribue à l'érosion des côtes. Et puis, ces sociétés ne sont pas plus vertueuses, elles sont justes moins gênantes, car au large. J'ai entendu dire qu'une compagnie américaine, EXTRACT INTERNATIONAL, essaie depuis quelques années de conquérir le monopole et qu'elle emploie des méthodes assez musclées.

— Et on ne peut rien faire ? Ces gens détruisent votre pays.

— Vous savez, il se passe la même chose en France et partout ailleurs. Tout le monde a besoin de sable, et quand ici le secteur du bâtiment baisse un peu, le sable est exporté vers l'Espagne, qui en redemande sans cesse. Et si encore il s'agissait de combler le manque de logements, mais bien souvent... il s'agit de pure spéculation. En Inde, des buildings immenses ont été construits pour rester inoccupés, alors qu'ils sont à côté de bidonvilles surpeuplés. Et quand je vais chez vous en France et que je vois partout ces immeubles avec des pancartes *bureaux à louer* et qui restent désespérément vides des années...

— Oui, vous avez raison, il y en a énormément à Toulouse, et pourtant, chaque nouvelle rénovation de quartier compte son lot d'immeubles de bureaux. Mais, dans des zones touristiques, c'est quand même absurde, pour construire des logements pour les vacanciers, de vider les plages de leur sable !

— Oui, je ne vous le fais pas dire. Dans certains endroits, les plages ont complètement disparu et ailleurs, on les voit reculer à une vitesse incroyable. C'est un phénomène de dégradation visible dans une vie d'homme. Contrairement à des problématiques moins mesurables comme le réchauffement climatique ou le trou dans la couche d'ozone... Vous savez, dans mon métier, l'échelle du temps se mesure en millions d'années et là, en une génération, les hommes détruisent ce que la planète a mis des millénaires à créer.

— Mais si tout cela est de notoriété publique, pourquoi aller jusqu'à assassiner quelqu'un ? Vous croyez que mon frère aurait pu découvrir quelque chose de nouveau ?

— Je ne sais pas... Oui, peut-être. C'est vrai que ce scandale est plus ou moins connu, mais parfois il peut suffire d'un déclic pour réveiller les consciences. Parce que c'est toujours pareil, ce juteux commerce repose sur l'exploitation des plus pauvres, à commencer par les enfants qui travaillent comme des bêtes de somme sur les plages. Et il faut aussi savoir que le béton fait avec du sable de plage est de mauvaise qualité. Le sable contient de l'eau de mer, qui ronge l'acier du béton armé, il a une faible durabilité contrairement à un béton classique, qui lui, peut durer plus d'un siècle. Actuellement, au Maroc, on construit des édifices qui peuvent s'écrouler du jour au lendemain. Si quelqu'un pouvait se faire entendre de l'opinion publique sur ce scandale, alors oui, cette personne se mettrait en danger. »

En sortant du bar, les deux femmes firent encore quelques pas ensemble, avant de se séparer. La géologue, en baissant la voix, retint Marion.

« Il y a encore quelque chose dont je voulais vous parler, mais je préférais que l'on soit dehors. Il s'agit du Sahara occidental. Notre pays prélève du sable sur les plages de cette région, pour le vendre à l'Espagne, principalement dans l'archipel des Canaries. Je vous parle là de quantités incroyables, j'ai entendu dire qu'à Gran Canaria des plages de galets ont été entièrement recouvertes avec ce sable. Et les sommes en jeu représentent des millions d'euros par an. Je ne pense pas qu'il y ait de rapport avec ce qui est arrivé à votre frère, mais je voulais vous informer de tous les éléments. Par contre, et elle baissa encore la voix, ne parlez de ceci à personne. Tant que vous êtes ici, évitez toujours d'évoquer le Sahara, cela ne peut que vous attirer des ennuis et, de toute façon, personne ne vous répondrait. »

***

C'était à Méria, dans le Cap Corse. Pour descendre dans la petite crique, en bas de la maison, il fallait assurer ses prises dans les rochers, comme de petites chèvres des montagnes. La première fois on était un peu hésitants, mais à la fin de la semaine, on connaissait par cœur les emplacements où poser les pieds et on sautait joyeusement d'un rocher à l'autre. Hakim avait six ans, pour lui c'était vite devenu trop facile, alors il explorait son territoire chaque jour un peu plus loin, il faisait sa récolte de bois flotté, on le devinait parfois, quand le vent tournait, en train de parler, il se racontait ses histoires. Régulièrement, sa mère, inquiète, s'écriait « Hakim, attention ! » Bien plus tard, on s'en souviendrait en riant. Hafida était superbe : j'ai cette image, son corps parfait bronzé, en maillot et paréo, un livre à la main, levant la tête *pour surveiller ses hommes – parce que papa aussi s'essayait, un peu plus loin, à la plongée en apnée. Je revois son sourire, elle était si prévenante avec moi. Je la découvrais un peu, pendant cette semaine de vacances. Comment ne pas comprendre mon père, qui en était fou amoureux. Il suffisait, j'imaginais, pour un homme, de la voir en maillot de bain pour perdre la tête. Moi, j'étais plutôt gauche, avec mes vingt ans, à côté d'elle. Mais maintenant que j'y pense, au lieu de m'effacer, elle m'avait aidée à prendre confiance en moi, cette semaine m'avait fait un bien incroyable.*

Ensuite, j'étais allée finir mes vacances à Rome, où je rejoignais mon copain d'alors, qui s'était révélé être un parfait abruti et cet été avait fini pitoyablement.

Un matin, la plage de notre petite crique était recouverte d'une montagne d'algues et Hakim avait voulu m'entraîner dans les rochers, au-delà de la zone qu'il avait déjà explorée. Accrochés à la falaise, nous avions contourné l'avancée de la côte pour rejoindre la crique suivante. Elle était plus profonde et il y avait encore plus d'algues et de bois flotté. J'avais du mal à suivre mon frère... « Viens, vite, regarde, il y a plein de bois. »

C'est là que nous avions trouvé l'escalier : en béton, à moitié effondré et embroussaillé, il conduisait à la plage depuis le terrain qui dominait.

« Regarde, il y a un escalier, pourquoi il n'y en a pas dans notre maison ?

— Ça serait moins drôle, tu ne crois pas ?

— Oui, c'est vrai, t'as raison. »

Nous avions remonté l'escalier, jusqu'à un portillon tout fracassé. Pourquoi ne pas entrer ? La clôture avait disparu et il n'y avait pas de maison. La propriété était couverte de petits chênes, c'était un plateau qui dominait la baie, la route passait derrière et on devinait aussi, un peu en contrebas, notre maison de vacances. C'était merveilleux ce petit bois qui arrivait jusqu'à la falaise, avec cette vue superbe sur le golfe et cet escalier dérobé qui conduisait à la crique. Nous étions restés un long moment à explorer notre nouveau petit domaine.

Le soir, comme nous étions invités chez les amis de papa qui nous avaient loué cette maison avec sa crique magique, Hakim avait raconté notre découverte.

« C'est un terrain qui n'est pas constructible, avait expliqué Michel. Celui qui l'a acheté s'est fait avoir. Il n'a jamais pu obtenir d'autorisation pour bâtir, et maintenant il essaie de revendre, mais il n'y arrive pas.

— *Oh ! les yeux d'Hakim s'étaient agrandis, on peut l'acheter alors !*

— *Il faut être Corse, pour l'acheter, avait affirmé Marialena en souriant, et puis ça ne sert à rien, on ne peut pas y faire de maison.*

— *Mais, construire juste une cabane ! On peut pas ?* »

Pourquoi, cet été 2001, je n'étais restée à Méria, en Corse, qu'une semaine ?

Marion se retourna dans son lit, seule dans cette chambre inconnue. Ses yeux étaient baignés de larmes.

Le long du littoral entre Groix et Belle-Île, le ministère de l'Économie et des Finances accordait, en mai 2005, un permis d'exploration exclusif de recherche de sables et graviers siliceux à un groupement d'entreprises. Ce permis d'exploration, sur une superficie de seize kilomètres carrés deux cents, par douze mètres de fond, pouvait déboucher sur une concession de cinquante ans, avec un prélèvement annuel de cinq cent mille tonnes. Rapidement, cela souleva le mécontentement de plusieurs associations de riverains réunies en collectif citoyen baptisé Le Peuple des Dunes. En juillet 2009, face à la mobilisation, le groupe Lafarge abandonnait le projet. La concession fut alors accordée à la Compagnie Armoricaine de Navigation, pour l'extraction sur vingt ans de huit millions de mètres cubes de sable coquillier. Cette extraction se ferait sur une dune sous marine située à moins d'un kilomètre de deux zones classées Natura 2000. Malgré cette signature, le collectif est resté mobilisé et toujours opposé au projet.

Quartier Marengo, Toulouse

Arrivé chez lui, après avoir grimpé la rue du 10-Avril, Antoine s'installa dans sa cuisine et ouvrit une bouteille de *savennières* qu'un ami lui rapportait régulièrement d'Angers. Après s'être servi un verre, il déballa les courses faites le matin au marché des Carmes. Il commença par nettoyer les calamars, les vida, les passa sous l'eau et les découpa. Il les jeta ensuite dans une poêle avec de l'huile d'olive, de l'oignon et du poivron jaune émincés. Il fallait les faire cuire assez longtemps. Il épluchait une gousse d'ail et, dégustant son verre de blanc, il se demandait s'il n'aurait pas dû accompagner sa cliente au Maroc. S'il voulait avancer dans cette affaire, il lui faudrait bien aller sur place. Et puis, il n'était pas très rassuré de la savoir là-bas. C'est drôle, le rapport qui s'était installé tout de suite entre eux, une confiance mutuelle, il ne saurait trop dire, comme une amitié de longue date. En tout cas, il se sentait la responsabilité de la soutenir et de l'aider.

Pendant que son plat cuisait paisiblement et que les calamars s'attendrissaient, il sortit dans la rue et alla frapper à la porte de son voisin. Ce fut Monique, l'aide ménagère, qui vint ouvrir. Elle lui claqua avec joie deux grosses bises.

« Monsieur Mesabki. Il vous attend avec impatience, vous savez. Depuis qu'il est rentré de la maison de retraite ce matin, il ne tient plus en place. Il va se fatiguer. J'ai beau lui dire, il est têtu comme une bourrique. »

Antoine se remémora la fois où il avait aidé son voisin à remplir le dossier d'aide du Conseil général pour rémunérer une assistante de vie. La généreuse Monique avait déclaré que c'était une très bonne idée, qu'il avait raison de faire ça mais que, du coup, ce ne serait plus elle qui viendrait. Elle l'avait fait une année mais, avec ce système, elle était toujours payée avec des décalages et elle ne pouvait pas se le permettre. Antoine avait vu le visage du vieil homme s'assombrir et il avait compris, plusieurs mois après, qu'il n'avait jamais posté le dossier. Il ne voulait pas se passer de son aide à domicile, il s'était habitué à ses manières brusques. Après des années à vivre seul, il lui avait fallu du temps pour admettre qu'il avait besoin d'aide. Finalement, c'était cette femme, qui le secouait et lui donnait des ordres chez lui, qui avait réussi à y faire sa place et se rendre indispensable. Et puis, elle était originaire du même village que lui dans le Lot. Il aimait sa cuisine restée rustique, même s'il ne mangeait plus beaucoup maintenant. Antoine s'amusait de la situation et charriait parfois son voisin, vieux misanthrope qui se faisait mener à la baguette. Après une mauvaise passe, il essayait de revenir dans sa maison avec le soutien de Monique et la complicité d'Antoine. Ce soir, pour marquer ce retour, il l'invitait à dîner.

Le vieil homme était toujours habillé avec attention, un costume en laine sur un petit gilet, avec une cravate bien serrée et la rosette au revers du veston. Toujours très droit, il accompagna Antoine jusqu'à chez lui. Les deux hommes, comme à leur habitude, parlaient peu et se limitaient à des échanges anodins. Le plus vieux jouait son rôle de patriarche, il distillait des vérités de l'ancien temps. C'était une sorte de jeu entre eux. Antoine attrapa dans le frigo un bocal de foie gras et prépara quelques petites tartines pour accompagner le blanc. Le vieux sirotait son verre, les yeux brillants. Il observait son voisin, ce jeune quarantenaire, athlétique, les gestes sûrs. Il était vraiment mieux ici que dans l'hospice à vieillards.

« Tu as des nouvelles de ta fille ? questionna le vieil homme.

— Oui, je lui ai parlé ce matin. Le visage d'Antoine s'illumina. Elle est toujours en Australie. Elle a trouvé un boulot qui va lui permettre de payer la première partie de son voyage, tout va bien.

— Elle sait se débrouiller, la petite.

— Oui, c'est vrai. Même si, en Australie, elle avait un contact. Des amis qui l'ont hébergée et lui ont donné ce tuyau pour trouver du travail. C'était déjà un peu plus facile, j'espère que ça continuera aussi bien par la suite.

— Et après, où tu m'as dit qu'elle allait ?

— Nouvelle-Zélande, Indonésie, Chine, Japon et Californie, en une année, elle aura fait un petit tour du monde.

— Ah oui d'accord. Mais pour toi, ce n'est pas trop difficile ?

— Qu'est-ce que tu veux faire ? Soupira Antoine. Je ne vais pas te dire que je suis pas inquiet, mais c'est quand même bien qu'elle arrive à faire ça. Déjà d'avoir le courage de partir et puis se débrouiller toute seule, c'est une sacrée expérience à dix-neuf ans.

— Moi aussi, à dix-neuf ans, j'ai découvert du pays, mais j'étais pas tout seul… Et le petit ? Le fils de ton ex, tu l'as revu ?

— Non, pas depuis qu'elle est partie, comme elle a complètement coupé les ponts. Et je ne pouvais pas demander une garde alternée, essaya de plaisanter Antoine. Je n'avais aucun droit même si on a vécu dix ans ensemble. Peut-être qu'un jour il se souviendra de moi et fera pression sur sa mère pour me revoir.

— Les femmes font chier !

— Ça… »

Le vieil homme ébaucha un sourire en continuant sur un mode désinvolte.

« Sinon, je vais te dire, ce n'est pas pour tout ramener à moi, mais mes deux fils sont beaucoup moins loin et je ne les vois pas trop souvent, non plus. Et je suis sûr qu'ils se disent que c'est un juste retour, parce que je n'étais pas trop présent quand ils étaient petits… Le pire, c'est qu'ils ont raison. »

Antoine essaya de ne pas remarquer le trouble de son voisin et il se retourna pour plonger les *linguines* dans la marmite d'eau bouillante. En fin de cuisson, avant d'égoutter les pâtes, il récupéra une louche d'eau pour la verser sur les calamars dans la poêle avec deux petits sachets d'encre de seiche. Il y ajouta les pâtes et mélangea en s'aidant d'huile d'olive pour avoir une consistance crémeuse. Il servit deux assiettes creuses généreuses, avec par-dessus quelques copeaux de parmesan. Cela ne se faisait pas normalement sur les fruits de mer, mais le vieux aimait ça.

Il était encore tôt après qu'Antoine eut raccompagné son voisin, qui était bien fatigué de sa première journée de liberté. Dans la rue il était étonné par une voiture mal garée, une grosse Renault noire avec une plaque numérotée en Île-de-France. Un homme soudain en descendit et se dirigea vers lui. Grand, avec une légère doudoune bleu marine, la cinquantaine, des allures de militaire à la retraite, il essaya de désamorcer la surprise d'Antoine en tentant un pauvre sourire.

« Monsieur Mesabki ? Pardon de vous accoster comme ça en pleine rue, mais justement je me rendais chez vous.

— Oui ?

— Je travaille pour le gouvernement. Nous savons que vous enquêtez actuellement sur une affaire au Maroc. »

Antoine ressentit des picotements dans la nuque, il voyait les ennuis arriver. Depuis le début, il devinait que quelque chose clochait dans cette histoire. Ce genre d'affaire avait toujours des ramifications cachées, et quand on tirait sur un fil, on ne savait jamais jusqu'où cela pouvait remonter.

« C'est une affaire privée, je cherche juste pour ma cliente les causes exactes d'un accident qui a coûté la vie à un jeune homme. Je ne vois pas en quoi cela concerne le gouvernement français ?

— Ne vous inquiétez pas, nous ne voulons en rien nous mêler de votre affaire. Si ce n'est, en fait, pour vous apporter quelques éléments. Notre ambassade à Rabat nous a fait remonter depuis un certain temps des informations sur des individus qui peuvent avoir un lien avec vos recherches.

— Vous voulez dire que vous m'apportez des informations ?

— C'est exact.

— Et vous voulez quoi en échange ?

— Absolument rien, je vous le disais, votre affaire ne nous intéresse pas. Il se trouve que nous avons juste certains dossiers sur des ressortissants français, parce que c'est notre travail. Comme cela ne nous intéresse pas mais que les agissements de certains compatriotes donnent une mauvaise image de notre pays et peuvent nuire à nos liens d'amitiés avec le Maroc, nous voulons vous aider. »

Antoine avait du mal à avaler ce boniment. Il était de plus en plus sur ses gardes. Il se demandait où l'autre voulait en venir.

« C'est aussi limpide que ça ?

— Oui. Comme je vous le dis. Tenez, concluait-il en lui tendant une lourde enveloppe. Il y a peu de risques que nous nous recroisions. J'espère que ce dossier pourra vous aider pour la suite de votre enquête. Je ne saurais juste que vous conseiller de rejoindre votre cliente au Maroc. Au revoir monsieur Mesabki. »

Et, il tourna les talons pour rejoindre son véhicule, laissant Antoine sur le pas de sa porte, l'enveloppe à la main et toujours aussi perplexe.

Il rentra chez lui, ouvrit l'enveloppe et étala les documents. Il y avait de nombreuses photos, mais également des détails sur des chantiers. Les sites d'extraction et le transport de granulats effectué pour la société AFRIQUE-CONSTRUCTION-ET-DÉVELOPPEMENT. On voyait plusieurs photos du directeur François Gauthier. D'après l'ensemble des documents il était désigné comme le point de convergence de tous les indices. Il y avait également des copies de mails du frère de Marion – il était donc surveillé par la DGSE – dans lesquels il informait ses amis de l'association écolo qu'il avait recueilli des preuves de l'implication de Gauthier dans le trafic de sable.

Ce dernier apparaissait sur une photo en compagnie de deux hommes. Une note était agrafée à la photo, expliquant qu'il s'agissait de deux officiers des services de renseignement marocains. Leurs noms étaient déjà apparus en 2004, dans un rapport d'*Amnesty International*, sur des faits de torture. Ils étaient aussi qualifiés, par cette note, de policiers corrompus et capables d'accomplir des extras, pour arrondir leurs fins de mois. On avait donc ce qui semblait être le mobile et on découvrait le suspect idéal en compagnie de deux exécuteurs des basses œuvres.

La dernière phrase de l'homme ne laissait de l'inquiéter. Il tenta en vain de joindre Marion au téléphone. C'était décidé, il fallait qu'il parte au Maroc, le plus vite possible.

Sur l'île de Ré, à la plage Saint-Clément-des-Baleines, on a démoli quatre blockhaus, vestiges du Mur de l'Atlantique, pour protéger la plage. La dune qui les supportait avait reculé de cinquante mètres en huit ans et les édifices, en plus d'être devenus dangereux pour les baigneurs, accéléraient l'érosion en créant une dépression autour d'eux.

Chacun de ces blockhaus d'un mètre d'épaisseur était composé de mille tonnes de béton.

Le « Pas de Zanuck », à la pointe ouest de l'île de Ré, entre le phare des Baleines et la forêt de Lizay, compte six ouvrages de ce type. La plage a pris ce nom après avoir servi de décor au film Le Jour le plus long, *co-réalisé par l'Américain Darryl Zanuck.*

Les édifices humains construits sur les plages ne les protègent pas de l'érosion. Au contraire, en brisant les vagues, ils en augmentent le ressac, qui aspire le sable.

Médiathèque José-Cabanis, Toulouse

Les trois camarades d'Hakim, étudiants en IEP comme lui, avaient donné rendez-vous à Antoine sous l'arche de la médiathèque. Ça tombait bien, c'était à côté de chez lui. Arrivé en avance, il en profita pour passer un coup de fil à Philippe, lui expliqua son intention d'aller au Maroc et lui demanda s'il pouvait s'occuper de lui réserver un vol.

La bibliothèque allait bientôt ouvrir ses portes et déjà une petite foule se pressait devant les portes. Trois jeunes se dirigèrent sur lui sans hésitation et il ne voulut pas savoir comment ils l'avaient reconnu ainsi à coup sûr. En recherchant à l'avance sa photo sur le net ? Ou bien, parce qu'il avait la gueule de l'emploi ?

Après les présentations, ils décidèrent d'aller un peu à l'écart et de s'asseoir sur un banc. Entre l'arche et le bâtiment de la Métropole, l'espace, battu par les vents, au mobilier urbain pas vraiment convainquant, arrivait par moments à ressembler à une place. Il y avait les familles des immeubles tout autour et les riverains des quartiers Périole et Jolimont qui la traversaient pour rentrer chez eux. Avec ses jeux d'eau et son microjardin public, elle prenait parfois un peu vie et les habitants tentaient de se l'approprier, en fin de journée ou le week-end, malgré le peu d'aide initiale des architectes.

« Merci d'avoir accepté de me rencontrer, commença Antoine. J'ai pu avoir vos coordonnées par le téléphone d'Hakim. Apparemment, vous étiez proches, du moins si on s'en rapporte à la fréquence de vos appels. »

Les trois jeunes se regardèrent, un peu indécis, ils se demandaient ce qu'ils faisaient là. La fille fut la première à prendre la parole.

« Excusez-moi, monsieur, mais on n'a pas très bien compris pourquoi vous voulez nous parler ? Pourquoi vous enquêtez ?

— Je travaille pour la sœur d'Hakim, elle voudrait savoir ce qui est arrivé à son frère.

— Mais, il a eu un accident, non ?

— Oui, bien sûr, il s'agit d'un accident, mais tout n'est pas très clair. Peut-être qu'il y a eu une négligence, qu'il ne fallait pas aller dans l'océan à ce moment-là. Pour ça, il faudrait arriver à trouver ce qu'il faisait, avec qui il était. Peut-être aussi qu'il n'était pas en forme pour faire du surf ou qu'il avait des soucis qui auraient pu le distraire. Sa sœur veut remonter le fil des derniers jours de la vie de son frère. Cela peut paraître étrange, mais ce choix lui appartient. Bien entendu, vous ne me dites que ce que voulez.

— On veut bien vous parler, intervint l'un des garçons, mais qu'est-ce que vous voulez savoir au juste ?

— Connaître votre ami, ses passions, ses activités, son caractère…

— Vous savez, depuis plusieurs mois, on le voyait moins, il était presque tout le temps au Maroc.

— Il s'intéressait à la politique ?

— On est étudiant en sciences politiques, on s'intéresse tous à la politique. Mais c'est vrai qu'Hakim était passionné.

— Il vous a parlé de son engagement au Maroc ?

— Oui, un petit peu... En fait, oui, il en parlait beaucoup, il nous disait que c'était possible de changer les choses et pas seulement de dresser des constats. Il ne nous a pas donné trop de détails, mais il disait qu'il était en train de constituer un dossier. La dernière fois que je l'ai eu au téléphone, il était très excité » conclut la fille.

Les deux autres confirmèrent cette opinion mais sans trop voir quel lien cela pouvait avoir avec un accident de surf. Antoine poursuivit tant bien que mal cette conversation sur le fil, en essayant de se faire une idée sur la personnalité de la victime mais sans trop alarmer ses anciens camarades par des questions trop précises.

***

Une fois sur la péniche, Antoine se rendit dans la cuisine pour se servir un café et fut bientôt rejoint par Elena.

« Tu me parleras un jour de ce qui s'est passé quand tu vivais en Afrique ? »

La première réaction d'Antoine, quand on lui posait une question sur lui, était un réflexe défensif, qui se concrétisait parfois – souvent ? – par une réponse un peu agressive. Il n'y pouvait rien, c'était comme ça. Cette fois encore, il allait répliquer et puis il réussit à se reprendre. Elena et lui se connaissaient depuis de nombreuses années, ils avaient vécu beaucoup de choses ensemble, du bon comme du mauvais. Quand il avait eu l'idée de monter l'agence, ce fut la première personne qu'il contacta, et il paraissait alors comme une évidence qu'elle parte avec lui dans cette aventure. Peut-être que sans elle il n'y serait pas arrivé et... peut-être que sans elle, il n'y arriverait pas tous les jours... Mais c'est vrai, elle ne connaissait pas cette période de sa vie. Peu de personnes, en fait, la connaissaient.

« Pourquoi tu me parles de ça maintenant? répondit-il avec un faible sourire. Peut-être oui, une autre fois, je te le raconterai.

— C'est à cause de ces souvenirs que tu es perturbé par cette affaire? insista Elena.

— Je ne sais pas, je n'y ai jamais pensé, s'agaça un peu Antoine.

— Tu sais, je t'ai déjà raconté quand j'étais casque bleu à Mogadiscio, non? Même si je n'ai pas connu le fiasco de l'intervention[7] – les anciens du régiment parlaient encore en rigolant de l'accrochage avec les Américains qui avait fini en bataille rangée et comment ils avaient fait peur aux petits *rangers*. Enfin bref, là-bas, j'ai vu des choses pas très jolies... Parfois, on avait l'impression que quoi que l'on fasse, même en partant d'une bonne intention, il y avait des répercussions négatives. C'est un peu comme cette histoire de sable: on construit une digue devant une plage pour la protéger et cela fait disparaître le sable de la plage voisine.

— Tu es venue me remonter le moral, ou bien?

— Et Hafida?

— Quoi, Hafida? Cette fois, Antoine était de plus en plus réticent à répondre.

7- Opération *Restore Hope*: intervention multilatérale menée par les États-Unis, sous mandat de l'ONU, en 1992.

— Eh bien ! c'est peut-être à cause d'elle que tu es troublé ? Tu sais, quand elle est venue ici, j'ai remarqué ton attitude. Tu étais bizarre, je ne t'avais jamais vu comme ça. Il faut reconnaître qu'elle est assez impressionnante.

— Qu'est-ce que tu me fais là, de la psychologie de comptoir ? tenta de s'échapper Antoine.

— Non. Je constate juste, s'amusa-t-elle. Je ne sais pas si tu l'as remarqué aussi ce jour-là, mais Philou, contrairement à son habitude, n'avait fait aucun commentaire sur notre visiteuse. »

C'est à ce moment que Montaubric entra dans la cuisine.

« Justement, on parlait de toi...

— Et en bien, j'espère ! Tiens, j'ai pris ton billet pour Casa, départ demain matin à dix heures cinquante » répliqua Philippe en se servant lui aussi un café.

Comme ils étaient là tous les deux, Antoine en profita pour les informer du tour que prenait l'affaire et des nécessités de son déplacement. Il aurait besoin d'équipement à son arrivée et il chargea Philippe Montaubric de mettre au plus vite ses talents en action. Quant à Elena, qu'elle se tienne prête à le rejoindre au cas où il aurait besoin de renfort. Ils allaient tous deux répliquer quand, en appel sonore du mobile d'Antoine, la BO des *Peaky Blinders* résonna dans sa poche.

« Marion, j'étais inquiet, pourquoi vous ne répondiez pas hier soir ?

— Pardon, mais je tombais de sommeil, je n'ai même pas fait attention au téléphone. Il y a du nouveau ?

— Oui, enfin pas vraiment... Je vous rejoins. Je serai là demain après-midi, je vous raconterai. Dites-moi comment on peut se retrouver...

Pendant toute la conversation Marion se voulut légère. Feignant l'enthousiasme, elle lui proposa de l'attendre dans l'endroit qu'elle considérait comme le plus beau de Rabat. Lui parlant d'autres lieux dans la ville et de l'hôtel qu'elle avait trouvé, elle lui conseilla d'y prendre une chambre, lui dit que, d'ailleurs, elle pouvait réserver pour lui, qu'elle avait hâte de l'accueillir...

En raccrochant, elle espérait avoir réussi à cacher son anxiété. Elle ne voulait pas avouer qu'elle avait poursuivi l'enquête de son frère et, surtout, quelle avait obtenu des rendez-vous avec plusieurs personnes qui y étaient mêlées.

Revenu dans son bureau durant la conversation, Antoine s'était rapproché de la bibliothèque. Sur une étagère, il prit une petite boîte ouvragée en bois exotique. Il passa la main pour faire tomber un peu de poussière et l'ouvrit. À l'intérieur, il y avait plusieurs vieilles photos, il en trouva une de lui avec son ami Boris Ondoua. Il la retourna, au dos était inscrit : *Burkina-Faso, 1995*.

Elena avait peut-être raison.

Il s'était pourtant juré de ne plus s'intéresser à de pareilles histoires. L'État français et ses entreprises multinationales jouaient un sale jeu en Afrique : quand on y mettait le nez, on était souvent déçu et, quelques fois, pire...

Cette photo, prise par Aïssa, la femme de Boris, datait de quelques jours avant la disparition du jeune couple. C'était la dernière fois qu'ils se voyaient.

Tiree est l'île la plus à l'ouest des Hébrides intérieures, à soixante miles à l'ouest de Oban et vingt-deux miles à l'ouest de Ardnamurchan, le point sur le continent écossais le plus proche. Elle abrite des plages qui sont parmi les plus belles d'Europe. Le nom Tiree / Tiriodh, Tir Iodh, signifie « la terre du maïs ». L'île était connue comme le grenier à céréales de l'archipel. Avec un climat doux, des niveaux d'ensoleillement parmi les plus élevés des îles britanniques et de faibles précipitations, elle bénéficie également de la douceur amenée par le Gulf Stream. Surnommée Hawaï du nord, l'île est le paradis des adeptes de surf et de planche à voile. Ses immenses plages de sable blanc, son eau turquoise et ses belles vagues attirent les touristes du monde entier.

Ce succès a provoqué un boom de la construction alimenté par l'extraction de sable sur ces mêmes plages. Sachant que l'île subit aussi de fréquentes tempêtes et qu'en raison de la faible hauteur de ses terres elle peut craindre la montée des océans, accélérer l'érosion en prélevant du sable n'est vraiment pas la meilleure idée.

Jamais l'expression « bâtir sur du sable » n'a été mieux appropriée.

Canal du Midi, Toulouse

Philippe Montraubic interrompit Antoine dans ses pensées en entrant dans la pièce, suivi d'un visiteur. La soixantaine, le teint bronzé avec une barbe blanche, blouson de cuir fauve, pantalon kaki et chaussures Quechua, il semblait arriver direct de la brousse.

« Ah ! Bonjour Laurent, fallait vraiment pas te déplacer, je serais venu te voir.

— Bah, tu sais que j'aime bien venir sur ton rafiot. Tu as fait fort en t'installant ici, ta clientèle doit adorer, même si ça fait un peu cliché. En tout cas, le documentaire l'autre jour sur *France3*, était plutôt sympa… un bon coup de pub.

— Oui, mais pas idéal pour la discrétion, rigola Antoine, parfois mes clients n'aiment pas trop ça… Tu veux un café ? »

Ils s'assirent autour du bureau. Antoine avait sollicité son ami écrivain et reporter d'investigation car il avait toujours de bonnes informations et des contacts un peu partout. Sa marotte : débusquer les scandales écologiques ; son obsession : la corruption politique. Et même s'il fallait parfois relativiser ses déclarations enthousiastes, il était toujours une bonne source.

Le journaliste attaqua d'emblée :

« J'ai fait quelques recherches sur la société qui t'intéresse. C'est un gros poisson, tu t'en doutes. Et en plus, au Maroc, ce n'est qu'une filiale. Comme tu le pensais aussi, les imbrications avec le pouvoir politique sont importantes. Quel que soit le gouvernement d'ailleurs. Le directeur actuel, François Gauthier, a occupé plusieurs fois des postes dans des ministères, lors de gouvernements de droite comme de gauche… S'il se retrouve à Rabat, je peux t'assurer que ce n'est pas un revers de carrière, il s'en met plein les fouilles. Côté gouvernement français, c'est toujours la même histoire : maintenir la présence française dans les *pays amis*. Ce qui ne va plus forcément de soi. Entre les Américains, les Russes et les Chinois, la concurrence est rude, même dans ce qui est toujours considéré comme notre *pré carré*, comme disent mes confrères. Et puis, quand les entreprises françaises décrochent de gros contrats, tout le monde s'y retrouve…

— Et au sujet du trafic de sable, tu as quelque chose ?

— Ça, c'est le gros morceau. Le sable, c'est vraiment le problème. C'est la deuxième ressource naturelle la plus consommée, après l'eau et loin devant le pétrole. Il n'y en a jamais assez, alors tous les moyens sont bons.

— Et comment se comportent les entreprises françaises ?

— En métropole, ça va à peu près, ici on exploite le sable des carrières, on fabrique du granulat en explosant la roche ou même en recyclant et surtout on racle l'estuaire de la Loire. Le pays a moins de déficit que l'Angleterre par exemple, et même si le secteur du BTP en redemande toujours, il n'y a pas encore de pillage des ressources. Mais, là où ça se complique, c'est en dehors des frontières. Les multinationales du béton ont des contrats dans le monde entier. On peut difficilement croire que tout soit *clean* et qu'il y ait une traçabilité des matériaux. Pour la construction des stades de la coupe du monde au Qatar, je serais curieux de savoir d'où vient le sable... Déjà qu'ils font travailler des esclaves, tu ne crois pas qu'ils vont s'embarrasser de considérations environnementales !

— Donc, que la société de Gauthier s'approvisionne illégalement et sans scrupules, ça ne te surprendrait pas ?

— Rien de nouveau sous les tropiques...

— Et aller jusqu'à commettre un assassinat pour protéger son business ?

— Là, c'est plus délicat. Je ne dirais pas qu'ils n'en sont pas capables. Surtout qu'en général ils recrutent pour leur sécurité des gros bras prêts à tout. Mais bon, le Maroc, ça reste encore très près de chez nous. Le scandale n'est jamais bon et puis, ils ont tellement d'autres possibilités de régler une histoire. Je me suis renseigné aussi sur ce jeune, il ne représentait pas vraiment un gros risque. Moi, ma première impression, c'est qu'il est vraiment mort en se noyant... »

Après le départ du journaliste, Philippe revint dans le bureau.

« Il est marrant ton copain, à son âge, il est encore capable de s'emporter comme un étudiant qui vient de découvrir une injustice.

— Ouais, n'empêche qu'il faudrait peut-être plus de militants de sa trempe, tu crois pas ?

— Sûr. Tu sais, j'ai regardé plusieurs vidéos sur le trafic de sable. C'est vraiment pire que ce qu'on croyait : les plages sont en train de disparaître. Mais, partout. Dans tous les pays. En Floride, ils dépensent des milliards pour renflouer les plages, ils pompent le sable au large et construisent des brise-lames, mais en fait, chaque action de ce genre accélère l'érosion, c'est un cercle vicieux. On voyait deux vieux qui avaient acheté une maison sur la plage pour passer leur retraite, elle s'effondrait à vue d'œil et en plus, quatre ans plus tôt, il y avait une rangée de maisons entre eux et l'océan : complètement disparue. Au Maldives, c'est encore plus triste, je t'assure, de voir ces pauvres gens sur leur îlot en train de disparaître, ça te serre le cœur. Il y a des pêcheurs de sable qui plongent au large pour remonter des sacs de sable. Rajouté à la montée des océans, ça grignote les petites îles et les habitants doivent partir. Ah oui, j'oubliais, en plus, la disparition du sable entraîne la disparition des poissons. Du coup, les gens vont sur les îles plus grandes, où il faut les loger, donc faire du béton, donc piller encore plus de sable. C'est vraiment écœurant, ils avaient leurs maisons sur des plages de rêve, vivaient de la pêche, comme leurs ancêtres, et ils n'ont plus rien, ils se retrouvent dans des bidonvilles ou des barres d'immeubles…

— C'est pas nouveau que l'on vit dans un monde pourri, approuva Antoine, mais c'est vrai que c'est la première fois que j'entends parler du sable en tant que ressource indispensable. Je n'y avais jamais pensé, en fait. »

Philippe reprit sa démonstration, parfois sa voix déraillait et montait dans les aigus. C'était toujours surprenant au début, tant cela faisait contraste avec son physique. Petit, il avait souffert de cette voix aiguë, de ses cheveux blonds et de ses yeux bleu pâle qui le distinguaient trop des autres enfants. Aujourd'hui, peut-être que ses anciens camarades de classe qui avaient chahuté un gringalet à la voix de fille seraient un peu mal à l'aise face à son mètre quatre-vingt-six et ses cent vingt kilos. Même s'il était toujours d'humeur égale, son visage joufflu, généralement fendu d'un sourire, il ne fallait quand même pas trop le chatouiller.

« Surtout, c'est pareil partout, je te dis. Nous, on est protégés par la loi Littoral, mais ce n'est pas parfait pour autant. Il y a des sites d'extraction dans l'océan. Déjà que nos côtes sont surpeuplées, surexploitées et subissent des tempêtes de plus en plus fréquentes et violentes, ça n'arrange pas les choses. Tu vois, l'érosion s'accélère, et chez nous aussi les plages sont en voie de disparition.

— Je constate que tu t'es bien documenté. En tout cas, tu m'as bien foutu le cafard. »

Tandis que son collègue sortait, Antoine s'assit à son bureau, pensif.

« Tout ça c'est bien joli, mais ce n'est pas notre rôle de révéler un scandale écologique, à supposer que ça intéresse quelqu'un. On doit se recentrer sur l'affaire. Les documents laissés par le gars du gouvernement hier sont un peu gros à avaler : il me donne le mobile, le coupable, les preuves… Il y a un truc qui cloche. Je dois continuer dans cette voie mais aussi envisager d'autres possibilités et ne pas m'arrêter aux évidences. Il faut que je parle avec la mère d'Hakim, pour mieux connaître ce jeune. Qui nous dit qu'il n'avait pas d'autres ennemis ? »

Antoine ne croyait que moyennement à un autre mobile, mais il ne pouvait rien négliger. Si on admettait qu'Hakim avait été assassiné, la méthode utilisée nécessitait des moyens – au minimum un bateau – et de l'anticipation. Il fallait aussi avoir une certaine assurance, comme un sentiment d'impunité, pour employer une telle mise en scène, il y avait des façons plus discrètes de faire disparaître un corps. Antoine ne savait pas pourquoi, mais il devinait qu'il y avait derrière une espèce de fanfaronnade, ou bien l'idée de faire passer un message. En gros, un crime qui n'était pas à la portée de n'importe qui.

Achevant ses réflexions, il enfila sa veste et sortit pour aller à son rendez-vous avec la blonde et sévère historienne, Natacha Lebel, dans un salon de thé du centre-ville.

Notre civilisation est à « l'âge de sable ». Ce matériau est présent dans la composition du béton bien sûr, mais aussi du verre, des cosmétiques, de la peinture, des panneaux photovoltaïques, ou encore dans les composants électroniques d'ordinateurs et de téléphones, dans l'asphalte, les lessives, le papier…

Par exemple, lorsqu'on prend un avion, il y a du sable dans la composition du tarmac mais aussi dans les pneus de l'appareil, le fuselage, les vitres, les ordinateurs de bord.

Et les besoins ne cessent de s'accroître du fait de l'augmentation des populations urbaines, notamment en Afrique et en Asie.

L'Inde a multiplié sa consommation par trois depuis l'an 2000, et la Chine en aurait consommé en quatre ans autant que les États-Unis durant tout le vingtième siècle.

Chantier de l'éco-cité de Zenata, au nord de Casablanca

Marion se perdait dans l'immense chantier de la ville nouvelle. Ce projet ambitieux, à la fois écolo et créateur d'emplois, se voulait la vitrine du nouveau Maroc et devait servir d'exemple à d'autres pays africains… Ça commençait mal avec cette histoire de sable. Finalement, elle découvrit le chantier du magasin IKEA, où elle avait rendez-vous avec François Gauthier. Elle le trouva, faisant les cent pas devant sa voiture sur le parking coloré du futur magasin.

Elle se força à approcher de lui, pas du tout rassurée de se trouver ici et de rencontrer cet homme. Son nom revenait plusieurs fois dans les papiers d'Hakim. Il l'avait même rencontré une fois. En commentaire dans son agenda, il avait noté : *« contact amical, joue bien son rôle de patron paternaliste et bâtisseur, impossible d'en tirer quelque chose, pour l'instant aucune preuve »*.

Pourquoi appréhendait-elle autant ?

Elle n'arrivait pas à contrôler le tremblement de ses mains, dans sa gorge également elle sentait l'angoisse, elle ne savait pas si elle arriverait à parler.

Elle croyait, quand elle était encore en France, qu'elle pourrait reprendre l'enquête et arriver aux mêmes conclusions que son frère et ainsi en déduire le coupable du meurtre.

Mais, une fois sur le terrain, cela ne se passait pas aussi facilement.

Alors qu'elle avait un simple rendez-vous avec un chef d'entreprise, en plein jour, avec des dizaines de témoins, elle était terrifiée, elle arrivait à peine à marcher. S'il se passait quelque chose, si elle devait s'échapper, elle en serait bien incapable. Elle n'avait jamais connu cette situation de peur physique. Son corps était comme transi.

Ce qui la sauva, c'est le fait que François Gauthier était tout aussi fébrile. Pour calmer son excitation, il attaqua la conversation sans se soucier d'elle, ou de ce qu'elle pouvait lui dire. Il lui expliqua qu'il avait accepté de la voir car il ne comprenait rien à cette histoire, qu'il n'avait rien fait à son frère. Comment pouvait-elle imaginer une chose pareille, son frère ne représentait aucun risque. Il faisait ce métier depuis tant d'années, souvent il avait été confronté à des idéalistes de cette sorte, qui refusaient le progrès.

« Moi, je construis des logements. Regardez ce pays, vous êtes déjà allée dans la médina ? Vous croyez qu'il y a l'eau courante partout ? et l'électricité ? Je travaille avec le gouvernement, je suis soutenu par l'Union européenne, je loge des milliers de gens. » s'emporta-t-il avec véhémence.

Marion n'arrivait pas à en placer une et il poursuivit encore un moment sa logorrhée sur *les bienfaits de la néocolonisation.*

« Je ne comprends rien à cette histoire. Deux types sont venus me voir pour me menacer, des policiers.

— Des policiers ? Ils menaient une enquête ? Marion était perdue.

— Une enquête, oui, mais à leur compte, cracha Gauthier. Ils m'ont montré l'appareil de photo de votre frère : dedans il y avait des photos de moi et du chantier, avec les arrivées de sable. En gros, on aurait pu croire à un mobile de crime, alors que pas du tout, vous m'entendez, Je me fournis en sable de façon tout à fait légale, je paie même une taxe au gouvernement. Ces deux types m'ont dit qu'ils reviendraient discuter affaires. Je me retrouve à leur merci. Voilà ce qui se passe. Alors que ce sont sûrement eux les coupables, ils veulent me faire chanter. »

Marion écoutait cette argumentation, recouvrant un peu ses facultés. Elle était moyennement convaincue. Pourtant, le type avait l'air si déstabilisé qu'il en était presque crédible. On avait l'impression qu'il était dépassé par les événements et que c'était la première fois que ça lui arrivait.

Elle se hâta de le quitter. Elle avait honte d'elle. Elle n'avait rien su dire, rien su faire. Vite elle devait retourner vers Rabat pour ne pas manquer Antoine. Elle avait besoin de sa présence et de ne plus penser à ce mauvais épisode.

Après son départ, Gauthier téléphona à son associé, Élie. Ce dernier était encore à l'hôtel de l'*Orque Bleue*, à Sète, où il était arrivé dans la nuit après sa traversée méditerranéenne. C'est depuis le balcon de sa chambre, face au canal, qu'il écouta ses propos désordonnés :

« Allô, oui, c'est Gauthier. Non ça ne va pas. Ça va même très mal ! Je ne comprends rien, on essaie de nous mettre hors-jeu. Et je ne sais pas qui est derrière. Pouvez-vous contacter le Vieux ? Lui seul pourra comprendre et trouver qui se mêle de nos affaires. Mais non, je n'exagère pas ! Il faut l'appeler. Sans son aide, on est foutus. Quoi le Palais ? Vous croyez que je n'ai pas essayé ? Je n'arrive pas à joindre le prince, il est toujours occupé. Et à l'ambassade de France, notre contact a été rappelé à Paris, soi-disant pour une formation. Il paraît qu'il a été remplacé temporairement par un militaire, un type pas commode. Je suis coincé ici, je n'arrive à rien. Essayez de joindre le Vieux, c'est le seul moyen, et rappelez-moi… »

À Sète, la conversation achevée, Élie, tout en cogitant sur ce que lui avait dit son associé et surtout sur son ton affolé, organisait son retour dans les Pyrénées. Un des camions de son entreprise serait à Montpellier en fin de matinée. Il avait décidé de commander un taxi pour aller au lieu de rendez-vous que lui avait fixé le chauffeur. Il devrait arriver à Tarbes, au siège de l'entreprise, en fin d'après-midi. Trois jours de voyage, ça commençait à être fatiguant à son âge. Surtout que là, c'était ridicule. Pour le même temps de trajet, il aurait pu aller à l'autre bout du monde, en Nouvelle-Calédonie par exemple, se la couler douce sur une plage de l'île des Pins.

Plus tard, en remontant dans sa chambre après le petit-déjeuner, il sortit à nouveau sur le balcon et tenta d'appeler le Vieux. Il paraît qu'autrefois ses compagnons d'armes le surnommaient Tokarev, en référence au fameux pistolet-mitrailleur MAT-49 nord-vietnamien, parce que parfois son verbe s'emballait et partait en rafale. Aujourd'hui, tout le monde le connaissait sous le surnom du *Vieux*, avec une majuscule, et plus personne n'évoquait jamais son handicap. Élie s'attendait donc à une réponse bégayante mais tomba sur une voix de femme qui lui répondit que ce n'était pas possible de lui parler pour le moment, qu'il n'était pas disponible. Après s'être résolu à laisser un message très succinct, il raccrocha, inquiet, en se disant que la rumeur était peut-être fondée. Cela faisait un moment que l'on racontait que le *Vieux* avait été rattrapé par le crabe et qu'il était dans un sale état. Sa fin signifierait la disparition de tout un monde. Et quand un monde s'écroulait, un autre ne tardait pas à se mettre en place. Le problème c'est, qu'entre les deux, il y avait toujours une période de flottement, avec des règlements de comptes et tous les coups permis…

Le soleil automnal illuminait les façades colorées des maisons sur le canal, les mouettes tournoyaient en émettant de bruyants glapissements et piquaient du bec au-dessus des thoniers à quai. Cette année, la campagne de pêche avait été mirifique, il n'avait fallu que vingt-quatre heures au large des Baléares pour que les bateaux atteignent leur quota de thons rouges et le *Midi Libre* avait admirablement commenté, dans son édition du week-end, le retour des marins prodigues. Élie ne le savait pas, il n'avait pas lu le journal local. Quand bien même, il n'en aurait eu rien à faire. L'avenir proche s'annonçait très compliqué pour lui. Il était vieux, il était fatigué et il se disait qu'il aurait dû raccrocher depuis longtemps…

À Dubaï, la presqu'île artificielle en forme de palmier, que ses promoteurs avaient baptisée « Huitième merveille du monde », a coûté plus de douze milliards de dollars et ingurgité près de cent cinquante millions de tonnes de sable pompé au large des côtes de l'émirat. En plus du sable dragué au fond de la mer, trois mille cinq cents sociétés australiennes exportent vers la péninsule arabique. Leurs bénéfices ont triplé en vingt ans et le sable représente aujourd'hui un bénéfice annuel de cinq milliards de dollars pour l'Australie

Pour étendre sa superficie, la cité-état de Singapour dépend de ses importations de sable. Elle s'est agrandie de vingt pour cent ces quarante dernières années en construisant sur l'eau.

En Inde, le secteur du bâtiment est contrôlé par les mafias et des pirates du sable agissent au grand jour sur plus de huit mille sites illégaux d'extraction.

En Floride, neuf plages sur dix sont en voie de disparition.

Aux Maldives, l'extraction de sable, ajoutée à la montée des eaux, a déjà forcé l'évacuation de cent vingt îles.

Zone côtière de Larrache, au nord du Maroc

Depuis le Mercedes Vito qu'ils avaient loué à Tanger, Mitch et Stephen observaient le manège des petits ânes qui remontaient la côte escarpée avec leur chargement de sable. S'avançant toujours plus loin dans la mer, des dizaines d'enfants, de douze, quatorze ans, armés de pelles et de seaux recueillaient la précieuse matière qu'ils rapportaient jusqu'aux bêtes.

Sur la côte, il n'y avait plus un grain de sable. Chaque crique, chaque creux de roche avait été cureté. En haut de la falaise, dès que les camions étaient pleins, ils démarraient en trombe, vers Tanger.

L'activité se faisait au grand jour.

Il ne faudrait plus très longtemps avant que ce coin de la côte soit complètement pillé. Au loin, une barque de pêche revenait du large vers le petit port, le pêcheur devait observer tous les jours la raréfaction des poissons. Et, peut-être qu'il voyait aussi s'envoler l'idée d'attirer quelques touristes. Après la plage, les pêcheurs disparaîtraient et après… le village.

Au bout d'un moment, les deux Américains s'approchèrent des camions et entamèrent la conversation avec l'un des chauffeurs. Ils avaient remarqué que celui-ci faisait remplir son camion avec des sacs et non pas en vrac. C'était ce qu'il leur fallait.

Quand ils se furent mis d'accord sur la transaction, l'un d'eux retourna chercher le Vito et le gara à côté du camion pour le faire charger. L'opération achevée, ils payèrent le camionneur et s'en allèrent. Sur la route vers Rabat, ils étaient euphoriques. Cette activité *manuelle* les amusait au plus haut point. Pour l'occasion, ils avaient même troqué leurs sempiternels costumes anthracite pour une tenue plus décontractée : jeans, tee-shirts et baskets.

Arrivés en fin d'après-midi devant la villa de François Gauthier, directeur de la société de BTP AFRIQUE-CONSTRUCTION-ET-DÉVELOPPEMENT, ils entamèrent leur planque, toujours aussi guillerets. Ils se demandaient juste si, à cause de la surcharge de leur van, ils pourraient réagir assez rapidement pour la suite de leur plan. Sinon, ils improviseraient... Quelques heures plus tard, quand un véhicule stoppa devant le portail et actionna l'ouverture automatique, ils foncèrent derrière et lui collèrent au train pour le suivre dans l'allée de la maison. Gauthier descendit furax de sa voiture prêt à apostropher les intrus. Mais les deux hommes étaient eux aussi descendus de leur véhicule et se dirigeaient vers lui, déterminés et pistolets en main. « *Shut up!* »

Mitch attrapa l'homme par le bras et l'emporta vers la maison en le menaçant de son arme, tandis que Stephen garait les véhicules. Il dégagea la voiture de l'entrepreneur et gara le Mercedes, portes arrières ouvertes vers le perron. Il chargea un sac de sable sur son épaule.

« Attache-le, je commence à décharger, cria-t-il à son collègue. Tu as trouvé le jacuzzi ?

— Oui, c'est par ici. »

Il pénétra dans la maison et retrouva Mitch en haut de l'escalier. Le jacuzzi était sur un petit balcon en terrasse qui dominait le jardin et la piscine. Les Américains l'observaient, le sourire aux lèvres, pensifs. À côté d'eux, pieds et mains déjà ficelés, l'entrepreneur les regardait à tour de rôle.

« Qui êtes-vous ? Qu'est-ce que vous voulez ? »

Dire que si ce crétin n'avait pas publié, sur les réseaux sociaux, des photos d'un week-end de fiesta dans sa maison, ils n'y auraient jamais pensé ! C'était en cherchant des infos sur leur future victime qu'ils étaient tombés sur une photo de lui avec une femme dans le jacuzzi. En maillot de bain et coupe de champagne à la main, elle semblait trop délurée pour être une collègue de travail ou une parente. Mais elle faisait la joie d'un Gauthier hilare, et cela leur avait donné envie, eux aussi, de s'amuser un peu. Si bien, qu'ils avaient presque eu la même idée en même temps. Depuis, la bonne humeur ne les quittait pas. Ils se lancèrent un regard et attrapèrent leur victime, qui par les pieds, qui par les épaules, et le jetèrent à l'eau. Surpris, paniqué, les pieds et mains attachés, Gauthier tenta de se redresser et de mettre la tête hors de l'eau. Il buvait la tasse, n'arrivait pas à se mettre debout. Prenant plus ou moins appui sur le flanc du jacuzzi, il parvint un peu à reprendre son souffle. Il toussait, recrachait de l'eau. Il était complètement affolé mais cherchait à maintenir sa position et les interpella d'un ton qui se voulait autoritaire.

« Mais vous voulez quoi, bordel ? Mon coffre est dans le bureau. Je peux vous donner de l'argent. »

Mitch s'accroupit au-dessus de lui et lui plongea la tête sous l'eau. Au bout d'un instant, il relâcha sa pression. La tête de François Gauthier refit surface. En même temps, il essayait de comprendre, son cerveau était embrouillé, il paniquait. Pourquoi il se faisait attaquer comme ça ? Par qui ? Il repensa à la visite des deux policiers marocains qui ressemblaient à deux truands. Mais non, ça n'avait rien à voir. Enfin, il ne voyait pas comment ça pouvait avoir un rapport. C'étaient des Américains, il n'avait jamais eu de contact avec des Américains. Qu'est-ce qu'ils lui voulaient ? Pourquoi ils ne disaient rien ? Ils voulaient le noyer. Une panique horrible le saisit. C'est pas possible, ils allaient le noyer. Mais pourquoi ? En crachant de l'eau, il tenta avec effort, un dernier argument :

« Je peux vous donner vingt mille euros tout de suite et…

— *Shut up !* »

Et Mitch lui replongea la tête sous l'eau. Pendant ce temps, Stephen vidait le contenu du sac de sable dans l'eau. Ils se regardèrent, ravis, et il retourna chercher un autre sac. Après avoir transporté et vidé une douzaine de sacs, il demanda à son compagnon de prendre la relève.

« Je ne sais pas comment font ces gosses pour charger et transporter ça toute la journée. »

Il s'assit à côté de la tête de Gauthier pour, à son tour, s'appliquer à la lui tremper, avec régularité, sous la surface. Peu à peu, le bassin se transformait en une espèce de trou de pâté de sable, l'eau débordait et ruisselait des marches sur le parquet de la terrasse. La victime avalait de pleines bouchées d'eau et de sable, s'étouffait, pleurait et suppliait ses bourreaux. Ces derniers, en sueur, les vêtements mouillés et salis, s'amusaient comme jamais.

Tout le sable avait été vidé maintenant. La consistance était bien épaisse et leur victime, à bout de force, ne se débattait presque plus. Ils lui laissèrent reprendre son souffle, pour prolonger la torture. Gauthier était exténué, il avait des crampes dans les bras en essayant de se maintenir au-dessus de l'eau. Il n'avait plus le temps de respirer, il avalait trop d'eau et de sable, sa gorge était obturée jusqu'à le faire vomir. Dans ses opérations de déglutition et de rejet, il y avait trop peu d'espace pour laisser passer un peu d'air. Alors, même s'il avait voulu parler, il n'aurait pas pu. De toute façon, toutes ses fonctions étaient monopolisées à une seule chose : chercher à respirer. Le problème était que cette action provoquait à chaque fois l'absorption d'eau et de sable. Mais c'était mécanique, il n'y pouvait rien, il sentait sa volonté faiblir, il n'avait presque plus de force. Il repensait à tout ça. Il allait mourir ? C'était ça la mort ? C'était même pas révoltant. C'était bête. Il allait mourir, là. Comme on tire une chasse d'eau.

Mitch, revenant de la cuisine, apportait deux bières. Ils trinquèrent, avec le sourire, burent une gorgée. Ils en seraient presque venus à philosopher. Mitch évoqua son grand-père maçon qui lui expliquait, quand il était petit que dans leur ville, beaucoup de maisons, de monuments et même le temple vers lequel il l'emmenait en lui serrant la main, lui devaient beaucoup. C'était à Birmingham, en Alabama, quand on construisait encore avec de la brique. Les bâtiments devaient durer des siècles et les maçons étaient de vrais bâtisseurs. Son partenaire approuva : quel vrai métier ! Pour se consoler, ils pouvaient se dire qu'ils avaient œuvré à la défense de leur patrie et, aujourd'hui encore, ils se battaient pour préserver les intérêts américains. La seule différence, c'était que leur travail ne se voyait pas, personne n'en parlerait jamais. Mais eux, ils savaient, ils pouvaient être fiers, ils s'étaient battus avec honneur, jusqu'au bout du monde. Et Stephen, avec son pied, enfonça une dernière fois la tête de François Gauthier.

Au bout de quelques secondes, un ultime sursaut de l'homme, mu par un dernier instinct de survie, tenta de le faire échapper à la pression. Mais ce fut en vain. Quelques dernières bulles d'air se libérèrent dans un spasme. Il mourut asphyxié dans ce sable qui avait tant fait pour sa bonne fortune.

« Remets ton épée en son lieu ;
car tous ceux qui ont vécu par l'épée
périront par l'épée. »

Les deux Américains, jetèrent leurs bouteilles vides dans le jacuzzi ensablé et l'un deux se permit un rot sonore en guise d'homélie. Ils quittèrent les lieux, comme deux ouvriers satisfaits de leur travail. Là, ils étaient sûrs que le message allait passer : le commerce du sable à partir de maintenant, se ferait comme ils diraient.

Au Maroc, la moitié du sable utilisé dans la construction – dix millions de mètres cubes – vient de l'extraction illégale de sable côtier. Le marché est alimenté par l'extraction de carrières à ciel ouvert et les dragages sous-marins. Par endroits, l'érosion des plages atteint quatre mètres par an. Ailleurs, elles ont déjà disparu. Dans les régions peu touristiques l'impact sur l'économie est moindre, mais dans d'autres régions, le littoral a été totalement défiguré, et les conséquences ont été plus importantes. Avec ce paradoxe que le sable sert souvent à bâtir des résidences balnéaires.

Dans l'arrière-pays également, le trafic de granulat se développe. Près de deux mille concessions ont été accordées dans des rivières et sur les flancs des montagnes, sans compter les installations clandestines dans des endroits plus reculés encore.

Pour améliorer leur image, certains industriels se lancent dans des projets garantissant un « sable vert » avec la certification ISO 14001. C'est le cas d'entreprises situées à Mehdia, qui draguent le sable dans l'embouchure de l'oued Sebou.

Dans les années à venir, pour satisfaire aux besoins de ses vastes programmes de construction, le Maroc va devoir extraire jusqu'à vingt millions de mètres cubes de sable par an.

Rue de Khémisset, Rabat

C'est le froid qui réveilla Marion. D'abord comme une gêne revenant par intermittence, mais avec insistance, dans l'abrutissement de son sommeil. Le froid bientôt l'enserra comme une immense tenaille. Elle fut obligée de se réveiller, de sortir de la protection illusoire de son endormissement. Le froid réveilla les douleurs, réveilla les peurs. Le froid la secoua d'un coup et là ce fut l'horreur, l'angoisse totale. Elle se réveilla et elle réalisa qu'elle ne savait pas où elle était. Elle avait mal. Elle ne pouvait pas bouger. Elle voulait respirer mais n'y arrivait pas. Il fallut plusieurs secondes pour que son cerveau décidât de ne pas céder à la folie et cherchât à analyser la situation. Elle essayait de contrôler sa respiration. Ce n'était pas qu'elle ne pouvait pas respirer, mais juste qu'elle ne pouvait pas ouvrir la bouche. Elle devait se calmer et reprendre une respiration régulière par les narines. Elle déglutit et passa sa langue à l'entrée de sa bouche : du scotch. C'était ça, on lui avait collé un morceau de scotch sur la bouche. Il faisait noir, il faisait froid et il n'y avait aucun bruit : c'était la nuit et elle avait un bandeau sur les yeux. Elle avait mal, elle était assise et attachée sur une chaise. Les liens lui comprimaient les poignets et les chevilles. Sa nuque était douloureuse d'avoir laissé reposer sa tête dans ce mauvais sommeil. Sa vessie était comprimée. Finalement, son corps entier était douloureux de cette position forcée. Mais ce n'était pas le pire.

Alors, son cerveau se lança dans un autre travail, essayer de comprendre la situation. Elle avait rendez-vous avec Antoine à la nécropole Chellah. Malgré la situation, elle éprouvait à l'idée de le revoir une sorte de joie mêlée d'anxiété. Elle devait reconnaître qu'il l'impressionnait un peu. Il avait fini par venir au Maroc et prendre l'affaire au sérieux. Elle voulait tant qu'il l'aide dans ce combat. Elle était un peu perdue dans ce monde. Mais malgré la mort de son frère, elle n'en mesurait pas encore la violence. Elle n'avait pas encore peur. Elle venait de se garer sur le parking quasi désert de la nécropole, un bus de touriste repartait, elle n'avait pas fait attention à la voiture qui se garait un peu plus loin. Elle ne fit pas davantage attention à l'homme qui en sortit pour se diriger vers elle, dans son dos, alors qu'elle avançait vers l'entrée. En trois enjambées *La Bestia* fut sur elle. Il posa sa main sur son épaule et au moment où elle tournait la tête, un peu surprise, avec trois doigts il lui pinça le creux de la clavicule provoquant une douleur insupportable. Elle poussa juste un petit cri, mais même crier lui était impossible tellement cette douleur la tétanisait. À moitié pliée, sous la pression de cette pince d'acier, elle se laissait emporter vers l'arrière de la voiture. Elle se souvenait vaguement que son agresseur avait cherché avec embarras quelque chose de son autre main, avant d'appliquer un tissu imbibé sur sa figure.

Il lui fallut plusieurs minutes pour refaire ce chemin, rembobiner le film des quelques derniers événements dont elle pouvait se souvenir. Maintenant, que ce travail était fait, il restait l'angoisse, non plus l'angoisse de l'inconnu mais celle du connu. Elle était prisonnière. Elle avait été enlevée. Par des hommes dangereux, peut-être les mêmes qui avaient fait du mal à son frère. Ceux qui l'avaient tué. Elle était seule. Elle sursauta au jappement veule d'un chien du voisinage. Un volet claqua au vent. Les bruits de la nuit s'imposèrent chacun à leur tour, si distinctement, si ordinaires mais pourtant si effrayants. La chaleur de son urine le long de sa jambe la soulagea un instant. Mais bientôt ce ne fut que du froid mouillé, la peur et le dégoût, et la peur de la peur. Elle ne devait pas flancher!

***

Devant le bassin aux anguilles, Antoine observait le manège des chats qui se prélassaient au soleil de cette fin d'après-midi. Un vieil homme, avec une gaffe, chassait les algues à la surface de l'eau. Antoine ne voyait aucune anguille. La légende voulait qu'elles veillent à la fois sur les mausolées des rois Mérinides et sur les marabouts de Chellah. Il commençait à être inquiet, Marion avait plus d'une demi-heure de retard. Il avait déjà fait le tour des ruines et des allées du jardin. Le vieux gardien se retourna et lui adressa un sourire édenté. Cela lui donna une idée. Il retourna vers l'entrée, il y avait un guide qui proposait ses services. Antoine lui avait glissé un billet en insistant sur son souhait d'effectuer la visite seul. Il n'eut pas de mal à le retrouver, assis sur un muret, qui attendait les possibles derniers visiteurs de la journée. La conversation s'engagea et très vite l'homme confirma qu'il avait bien remarqué une jeune femme correspondant à la description que lui faisait Antoine. Il se rappelait l'avoir vue partir dans une voiture avec deux hommes. D'ailleurs, maintenant qu'il y repensait, il se rappelait une espèce de bousculade. Il discutait à ce moment-là avec d'autres personnes. Oui, c'était peut-être un petit cri qui lui avait fait tourner la tête. Il n'était pas très sûr. Mais c'était curieux cette française qui s'en allait avec deux policiers.

« Des policiers ?

— Oui, ça, j'en suis sûr. En tout cas, la voiture de la femme est là. »

Antoine traversa le parking vers la voiture de Marion, de plus en plus inquiet. Il repensait aux documents qu'il avait reçus, les photos et renseignements sur deux policiers marocains. En général, quand il y avait une coïncidence, c'en était rarement une. Le véhicule ne lui apprit rien. À travers les vitres, il ne voyait rien d'apparent sur les sièges, hormis un petit gilet. Il retourna vers sa voiture. Dans son sac, il récupéra l'enveloppe que lui avait remise le mystérieux informateur à Toulouse, toute la documentation sur un chef d'entreprise français installé au Maroc, sur un camionneur, français lui aussi, et sur deux policiers marocains, le capitaine Guérif et son adjoint. Et toutes les passerelles qu'il y avait entre ces individus et le frère de Marion.

Antoine était dans l'impasse, et aussi de plus en plus anxieux. Si Marion était avec ces hommes, amenée de force, cela ne présageait rien de bon. Par quel bout commencer ? Quelle piste pouvait-il suivre ? Les seules coordonnées dont il disposait étaient celles de François Gauthier, patron de la société Afrique-Construction-et-Développement. Parce qu'il fallait bien chercher dans un sens, il démarra en trombe et fonça vers le siège social de l'entreprise, dans le centre de Rabat. Avenue de la Victoire, la société occupait deux étages d'un building de verre. Mais, à l'accueil, on indiqua à Antoine que le directeur n'était pas venu aujourd'hui et personne n'était en mesure de le renseigner. Énervé, il retourna dans sa voiture et poursuivit la seule piste qui s'offrait à lui, le domicile personnel de Gauthier. Il repéra rapidement sur son GPS l'adresse dans un des quartiers huppés de la capitale. En déboulant dans la rue de la maison, il freina brusquement et s'arrêta à distance. Plusieurs véhicules de police étaient garés devant la villa. Antoine pesta en frappant le volant. Il était arrivé trop tard. Comment retrouver Marion maintenant ? Chaque minute perdue lui tordait le ventre. Il réfléchissait à toutes les possibilités, quand soudain, il les vit : un groupe de policiers était sorti de la maison. L'un, en uniforme, semblait le plus galonné, les autres l'écoutaient avec déférence. Ils étaient cinq, et parmi eux, Antoine avait repéré les deux hommes des photos. Pas de doute possible, le moustachu qui avait un regard de tueur et son acolyte géant. Ses yeux se rivèrent sur eux, il ne devait plus les lâcher maintenant. L'officier s'en alla, en jetant ses derniers ordres de façon autoritaire. Les autres policiers retournèrent vers la maison. Bientôt des ambulanciers en ressortirent et chargèrent un brancard recouvert d'une toile dans leur véhicule. Au bout d'une demi-heure, c'était au tour des policiers de s'en aller.

Antoine les laissa prendre un peu d'avance et entama la chasse. Les voitures allaient toutes au même endroit, elles s'enfoncèrent dans le parking souterrain d'un immeuble, dont l'entrée était surveillée pas des gendarmes. Antoine se gara de l'autre côté de la rue et attendit. Cela correspondait à une photo de son dossier, le QG du service de contre-espionnage où étaient affectés les deux affreux. Évidemment, il ne pouvait pas prendre l'immeuble d'assaut. Il ne lui restait plus qu'à attendre.

Soit Marion était enfermée dans les locaux de la police et tout de même protégée par son passeport, soit ils avaient d'autres intentions et, dans ce cas-là, elle se trouvait ailleurs.

Il fulminait. S'il était arrivé plus tôt au Maroc…

En plus, il avait perdu au moins deux heures, à Casablanca, dans cette casse auto. Ce royaume des ferrailleurs était une véritable ville dans la ville. Même avec un chauffeur de taxi comme guide, ils avaient fait des tours et des détours, demandant plusieurs fois l'adresse du contact fournie par Philippe Montaubric. Antoine était toujours étonné de l'efficacité de son collègue. Il était capable de se procurer, même à distance, n'importe quel matériel dans n'importe quel coin du monde.

Quand le chauffeur avait finalement trouvé l'échoppe, dans ce monde de rouille et de carcasses entassées, dans un incessant va-et-vient de camions, voitures, ânes ou motos – Antoine avait même vu un train entier et la dépouille d'un avion de l'armée américaine – le type avait bien la marchandise. Après le rituel du thé à la menthe, assis à l'entrée du *garage*, le propriétaire avait fait signe à un gamin d'aller chercher un paquet. Et là, contre toute vraisemblance, il avait déballé la commande d'Antoine, un pistolet Beretta PX4 Storm flambant neuf, avec deux chargeurs et une boîte de munitions.

Ses emplettes terminées, il avait récupéré une voiture de location pour prendre la route de Rabat, assez rapide malgré l'incroyable circulation. Il était même arrivé en avance à leur rendez-vous. Si au lieu d'aller traîner dans le jardin de la nécropole, il avait attendu sur le parking… Il se maudissait.

Mais cela ne servait à rien.

L'archipel volcanique du Cap Vert – cent trente-troisième sur cent quatre-vingt-sept états au classement des pays suivant l'indice de développement humain IDH – n'a pas de ressources naturelles en dehors du poisson et… du sable. Le poisson se faisant rare du fait de la pêche intensive des chalutiers européens qui pillent les ressources halieutiques, les pêcheurs capverdiens sont obligés de se reconvertir. Ils vendent le sable des plages pour la construction des maisons. Et quand les plages ont disparu, comme à Ribeira da Barca où autrefois les enfants jouaient au foot sur le sable noir, ils marchent dans l'océan pour aller le récolter.

Les hommes creusent, de l'eau jusqu'aux épaules, et remplissent des seaux que les femmes ramènent vers le rivage en résistant à la violence des rouleaux.

Malheureusement, cette pratique a des répercussions environnementales. D'une part, sur la reproduction des poissons, la disparition des bancs de sable les empêchant d'y pondre leurs œufs et de se nourrir des micro-organismes y vivant. D'autre part, parce que la barrière de sable n'est plus là pour protéger la terre et la nappe phréatique des infiltrations d'eau salée.

Quartier général de la DGST

Le capitaine Guérif, assis à son bureau, fulminait : être coincé pour de la paperasse, à cette heure ! Il ne comprenait pas que cette affaire lui tombe dessus, normalement son service n'aurait pas dû être concerné. Tout ça n'était pas normal. Son chef était furax. C'est vrai, un Français se faisant assassiner au bord de sa piscine, ce n'était pas bon du tout. En plus, un entrepreneur, un ami du royaume, il n'avait pas fini de subir la pression du ministère. Mais le pire de tout, ce qui l'inquiétait depuis tout à l'heure, c'était tous les liens qu'il y avait entre lui et la victime. Et que son chef lui confie l'affaire était trop curieux pour ne pas cacher quelque chose. En attendant, il se retrouvait contraint de taper son rapport, d'envoyer des mails, de prévenir l'ambassade de France, Interpol, la police française, pendant que *La Bestia*, ce gros veau qui ne lui servait à rien, dormait dans les fauteuils du couloir.

Plus il y pensait, plus il se disait que pas mal de ses problèmes récents venaient de son adjoint. Et même, en remontant à plus loin…

L'avoir à ses côtés, c'est vrai, était un plus. Il lui était dévoué comme un chien fidèle et tout le monde avait peur de lui. Cela faisait des années qu'il n'avait pas eu besoin de porter son arme avec lui, tant la présence du colosse était dissuasive. Même ses collègues ne lui cherchaient pas des poux, tout le monde savait que *La Bestia* était incontrôlable et inarrêtable, sauf par lui. Mais là ça devenaient ingérable. L'exécution du garçon, déjà, c'était une connerie, et voilà que cela avait attiré sa sœur, qui avait commencé à poser des questions de tous les côtés. Et qui avait parlé aussi, comme quoi elle aurait des documents, des preuves… Pourtant, les moyens extrêmes ne se justifiaient pas encore. De plus, tout à l'heure, ils avaient eu chaud. Après avoir enlevé la fille, ils avaient juste eu le temps de l'enfermer quand ils avaient reçu l'appel pour aller sur le lieu du crime. Il aurait été bien en peine de s'expliquer si on l'avait pris avec une Française endormie sur le siège arrière de la voiture, avec l'autre dégénéré souriant comme un bienheureux. Non, là ce n'était plus possible. Il devait mettre fin à tout ça, sinon ça serait l'escalade ! De toute façon, la fille ne l'avait pas vu, alors il lui restait encore une marge de manœuvre. C'était cette nuit qu'il devait se décider.

Il était vingt-trois heures passées quand la voiture des policiers sortit du parking. Antoine était passé par tous les stades de l'inquiétude. Il essaya de rester calme et de ne pas foncer sur les deux flics. Il continua de les suivre à distance. La voiture s'arrêta sur un terre-plein, devant l'entrée de la médina. Les deux hommes descendirent et allèrent s'installer à une table en plein air devant une camionnette qui proposait de la restauration. L'espace était animé, Antoine descendit aussi de voiture et s'avança sur la pelouse desséchée, au milieu des palmiers. Il repéra un marchand de sandwiches et commanda lui aussi à manger, sans quitter les autres des yeux. Sur son petit brasero, le marchand faisait rissoler des morceaux de poulet et de poivrons. Il entama aimablement la conversation avec un Antoine plus que distrait. Il était appuyé contre un palmier immense. Mais en fait, non, ce n'était pas un palmier mais un pylône de relais téléphonique camouflé en palmier. Original. Antoine se promit de s'en amuser à un autre moment, mais là il était trop préoccupé. Le sandwich n'était pas mauvais, bien que difficile à avaler. Il but le reste de sa canette de Fanta et retourna à sa voiture. Les policiers prenaient leur temps, le chef discutait avec animation et rires avec le serveur tandis que l'autre engouffrait des plâtrées d'un plat en sauce avec de grandes galettes de *batbout*.

Finalement, ils repartirent, toujours suivis par Antoine. Ils traversèrent la ville vers des quartiers résidentiels plus calmes. Dans une rue déserte et sans éclairage public, la voiture stoppa devant un portail. Le gros policier descendit ouvrir et la voiture s'engagea dans la cour. Les deux hommes entrèrent dans la maison et bientôt une lumière s'alluma au rez-de-chaussée. Antoine, anxieux, attendit un moment dans sa voiture. Une autre lumière éclaira les persiennes d'un volet fermé à l'étage. N'y tenant plus, il s'élança. Discrètement, il traversa la rue, entra dans la cour de la maison, s'approcha de la porte et tenta de tourner la poignée. Elle n'était pas fermée à clef. Il respira une goulée d'air frais, affermit sa prise sur la crosse du Beretta, activa la culasse pour faire monter une munition dans la chambre et pénétra dans l'ombre de la maison. La première porte, à droite du couloir, était ouverte et donnait sur la pièce éclairée. Il s'approcha silencieusement. Le moustachu était devant l'évier, en train d'allumer une cigarette, son pistolet posé sur la faïence.

Le capitaine Guérif était perdu dans la contemplation de son pistolet. C'était le moment, il devait le faire. Il allait monter dans la chambre et l'abattre. Ce serait facile, *La Bestia* n'avait aucune raison de se méfier de lui. Et puis, il était tellement excité, il était dans un état second.

Après, il libérerait la fille et la ramènerait chez les gendarmes.

Il taperait un rapport, inventerait une histoire: « cela faisait longtemps qu'il s'interrogeait sur la santé mentale de son collègue »... Sans blague!

On le féliciterait. Beaucoup seraient soulagés.

Peut-être que certains ennemis oseraient se dévoiler. Il les attendait!

Bon, il fallait y aller maintenant.

Mais, bon sang, pourquoi ce n'était pas si facile que ça?

À croire qu'il s'était attaché à ce monstre.

Merde, pourquoi il disait ça?

Il avait toujours été le premier à s'énerver quand il entendait qualifier son collègue par des adjectifs inhumains.

Il savait très bien, lui, que ce n'était pas sa faute, il était né comme ça et avait toujours été rejeté. Sa brutalité avait été entretenue, exacerbée. Lui-même en avait profité. Personne n'avait jamais cherché à tirer de lui autre chose que cruauté et violence.

Maintenant, il fallait en finir, on était allé trop loin.

Le capitaine tira sur sa cigarette, résolu.

Il s'apprêtait à sortir sa main de sa poche pour saisir sur l'évier son pistolet de service.

C'est à ce moment qu'Antoine fit irruption, son arme braquée. Le policier écarquilla les yeux, stupéfait. Il ne s'attendait sûrement pas à ça. C'est vrai que ce soir, il était un peu perturbé et, en plus, il était dans sa planque, à l'abri normalement.

C'est vrai aussi, qu'officier des services secrets, dans un régime policier, on acquérait vite un sentiment d'invulnérabilité.

Antoine posa son index gauche sur sa bouche, intimant le silence. Il s'approcha tranquillement du policier et lui décocha un grand coup avec son arme sur la tempe. L'homme s'effondra lourdement à ses pieds. Antoine lui enleva son pistolet et avec des serre-câbles en plastique lui lia rapidement les poignets et les chevilles. Puis, il retourna dans le couloir et commença à grimper doucement l'escalier.

À l'étage, dans la chambre, *La Bestia* s'était rapidement dévêtue et avait jeté ses vêtements sur le lit. Il se dirigeait maintenant vers la fille, le capitaine lui avait laissé un peu de temps. Cette garce n'avait qu'à pas les chercher. Elle s'agitait, paniquée, depuis qu'il avait allumé la lumière. Les yeux bandés, elle devinait sa présence sans pouvoir savoir ce qui allait arriver.

Il avançait. Son torse, ses bras, ses épaules, son ventre énorme, étaient couverts de poils. En marchant, son membre battait contre sa cuisse. C'était au régiment, pendant les classes, dans la forteresse d'Al Hoceima, qu'on lui avait donné son surnom. Et ce n'était pas à cause de sa carrure et de sa force animale ou bien parce qu'il ne savait pas lire. Non.

Avec le petit frère de la fille, il n'avait pas pu en profiter. Dans la caserne, on ne pouvait plus rien faire, avec ces islamistes partout... Mais là, il allait se rattraper.

Il n'avait jamais touché une femme comme celle-là. Il sentait l'odeur douce de son savon mais aussi celles plus aigres de l'urine, de la sueur et de la peur. Il était de plus en plus excité. Son membre démesuré était tendu maintenant et il touchait presque le visage de la fille, il haletait d'excitation.

Marion, à partir du moment où elle avait entendu la voiture se garer, n'avait pu réprimer un tremblement compulsif qui ne devait rien au froid. Elle voulait crier mais sa voix s'éteignait contre le ruban adhésif qui comprimait sa bouche. Ses larmes mouillaient le foulard sur ses yeux. Elle avait entendu des voix puis, au bout d'un moment, un pas lourd dans l'escalier. C'était tellement effrayant d'être seule, attachée, sans rien savoir ! Mais là... c'était peut-être pire. Qu'est-ce qu'on lui voulait ? Qui étaient ces gens ? La porte s'ouvrit et la lumière s'alluma. Elle sentit une présence. Une présence qui semblait occuper tout l'espace, un souffle lourd mais pas de paroles. Elle aurait voulu, elle, parler, supplier, questionner. Elle aurait voulu entendre une autre voix, pour savoir, au moins. Rien. Que cette respiration rugueuse, et saccadée quand elle accompagnait des mouvements. Et puis, la présence s'était rapprochée, elle avait senti le sol craquer. La respiration toujours, et qui se faisait de plus en plus forte. Au plus profond d'elle était montée une peur terrible. Elle subissait cette présence oppressante devant elle mais aussi comme l'encerclant. Elle crut deviner un mouvement plus définitif vers son visage, elle poussa un cri mais ce ne fut qu'un pitoyable gémissement.

La Bestia se régalait de la peur de la femme. Dommage qu'il ne pût enlever le scotch, il aurait tant aimé l'entendre crier. Mais maintenant il fallait en finir, il avait peu de temps, et il tendit le bras pour lui arracher le bandeau des yeux.

Antoine ouvrit la porte de la chambre avec fracas. Le policier après avoir sursauté, se retrouva face à lui. Il regardait avec incompréhension le canon de l'arme braquée sur son visage. Instinctivement, il jeta un œil vers ses affaires sur le lit. Antoine en profita pour faire deux pas de côté dans la pièce, il ne voulait pas que Marion soit dans sa ligne de tir. Ce fut alors que le colosse se rua sur lui. Antoine abaissa son arme et lui tira une fois dans le ventre. Stoppé net, *La Bestia* s'écroula, ahuri, les yeux fixés sur le pistolet qui venait de faire feu, ses grosses mains comprimant ses entrailles.

Antoine le laissa se tortiller au sol et se dirigea vers Marion pour la libérer. Une fois détachée, elle se laissa serrer dans ses bras, le corps engourdi par sa position ligotée. Antoine reprenait son souffle, ému et soulagé. Il arracha d'un geste sec le ruban adhésif sur la bouche de Marion tout en lui tenant fermement les bras pour l'empêcher de retirer le bandeau de ses yeux. En la soutenant, il l'entraîna vers l'extérieur de la pièce où le géant abattu gémissait, comme une tortue renversée. Dans le couloir, Marion se détourna, fit deux pas, retira le foulard, puis tomba à genou pour vomir.

Après un instant, Antoine lui passa le bras autour des épaules et la conduisit vers l'escalier, pour lui demander de s'asseoir sur les premières marches et de l'attendre un petit peu. Calmement, il la rassurait, lui disait qu'il serait juste à côté, qu'elle n'avait plus rien à craindre. Puis, il retourna dans la chambre.

L'homme râlait toujours au sol, il jeta vers Antoine un regard implorant. Celui-ci attrapa le dessus-de-lit et un oreiller. Il couvrit la nudité du policier. Puis, il lui souleva la tête et la déposa sur le coussin.

« Je vais appeler les secours. Vous parlez français ? demanda doucement Antoine.

— Oui, s'il vous plaît, une ambulance, supplia-t-il.

— Bien sûr, je ne vais pas vous laisser comme ça, poursuivait Antoine, toujours avec une grande douceur. J'aimerais juste vous demander une ou deux choses. D'accord ? »

L'autre opina légèrement en lui jetant un regard de bête affolée.

« C'est vous qui avez tué Hakim Noguera ?

— Oui, c'est moi, c'est les ordres...

— Pourquoi vous l'avez tué ? Parce qu'il enquêtait sur le trafic de sable ?

— Je sais pas pourquoi, c'est les ordres.

— Mais qui a donné l'ordre, François Gauthier ? Pourquoi lui aussi l'avoir tué alors ? »

Le policier eut une expression d'incompréhension, il s'affola et sa douleur augmenta. Tout en comprimant son abdomen, il regardait désespérément Antoine. Il semblait complètement ahuri. Pourquoi on l'accusait de ça ? C'est pas possible, ce n'était pas lui ! Il fit un effort pour essayer d'exprimer cette évidence. C'était la première fois qu'il devait se disculper d'une faute qu'il n'avait pas commise.

« On n'a pas tué Gauthier. Lui, il était déjà mort quand on est arrivés. »

L'homme gémissait un peu plus et réclamait à boire. Antoine chercha dans la pièce et trouva un gobelet sur le lavabo de la chambre. Il revint vers le blessé et lui souleva délicatement la nuque pour faire couler un mince filet d'eau dans sa bouche pâteuse. Pour ce genre de blessure, donner à boire de l'eau était sans doute la dernière chose à faire mais bon ! de toute façon...

« Mais François Gauthier, reprit paisiblement Antoine, c'est lui qui vous a demandé d'enlever et de tuer Hakim ?

— Non, non, c'est pas lui ! s'agita en gémissant le policier, c'est l'homme de Paris. C'est lui qui nous a dit de faire ça et aussi après, d'aller faire peur à Gauthier, mais pas de le tuer.

— Mais, qui est cet homme ?

— Je sais pas le nom, un Français, il vient un jour comme ça en avion. Il donne les ordres et l'argent... et il repart. Appelle une ambulance vite ! »

Antoine se redressa sans un mot, il récupéra, à côté du lit, le sac à main de Marion, quitta la chambre et referma la porte à clef. Quand ils quittèrent la maison, en passant devant la porte de la cuisine, l'autre flic, qui s'était réveillé, hurla et les insulta. Antoine n'en eut cure, il sortit et dirigea sans hâte Marion vers la voiture.

En essayant de ne pas rouler trop vite, pour ne pas attirer l'attention d'une patrouille de police, Antoine finit par récupérer l'avenue el Marsa qu'il redescendit vers la mer. Il arrivait à se repérer immédiatement. Comme c'était le cas dans n'importe quelle ville, même en y venant pour la première fois, il lui suffisait de jeter une fois un coup d'œil à un plan pour ensuite trouver ses repères. Il longea le quai du fleuve Bouregreg et s'arrêta avant d'arriver au terminal de ferry, dans le parking d'un restaurant où l'on entendait encore de la musique. Il se tourna vers Marion qui n'avait même pas fait attention qu'ils s'étaient arrêtés.

« Je vais encore vous demander un petit effort. Il faut que je me débarrasse du pistolet. L'homme sur qui j'ai tiré, celui qui vous a enlevé, était un policier. Même si ses intentions étaient criminelles, il n'y a rien de pire, dans n'importe quel pays, que de tirer sur un policier. Il ne faut surtout pas se faire arrêter avec l'arme. »

Marion le regardait sans comprendre. Elle était encore sous le choc, elle ne suivait pas le raisonnement, cette histoire de policier. Quand Antoine ouvrit la portière, elle s'affola.

« Qu'est-ce que vous faites ? Où allez-vous ?

— Ne vous inquiétez pas, il faut juste aller jeter le pistolet dans l'eau » et il lui montra l'arme. Elle eut un mouvement de recul.

Antoine sortit, fit le tour de la voiture et ouvrit la portière de Marion.

« Venez, s'il vous plaît, ce sera plus discret que si j'y vais tout seul. »

Il réussit à la persuader et ils empruntèrent le chemin sur le remblai de pierres, le long du fleuve. D'autres couples se promenaient. En face, la marina de Salé était éclairée, ainsi qu'un peu plus loin le pont qui enjambait l'oued. Se tenant l'un contre l'autre, ils passaient inaperçus, en déambulant et faisant mine d'observer les voiliers, tandis qu'Antoine cherchait le meilleur endroit et le bon moment pour jeter l'arme. L'air du large qui remontait à contre-courant fit frissonner Marion mais, au final, cette marche lui faisait du bien, elle commençait à reprendre pied. Ils descendirent sur les rochers du môle, s'accroupirent en faisant mine d'observer le jeu des vagues et soudain un flop plus bruyant indiqua qu'Antoine s'était débarrassé de l'encombrant objet.

Marion s'agrippa à son bras et ils remontèrent vers la promenade.

***

Devant la maison qui servait de planque aux deux policiers, à peine dix minutes après le départ d'Antoine et Marion, un van noir s'arrêta. Mitch et Stephen en descendirent.

En scrutant précautionneusement les alentours, ils s'avancèrent vers la maison. Avant d'entrer, ils sortirent leurs armes et les équipèrent de modérateurs de son. Ils étaient contents d'avoir pu obtenir des Glock 21 en calibre .45ACP. Comme beaucoup d'Américains, ils avaient des affinités particulières pour cette munition historique. Tout de suite, ils se sentirent en confiance et déboulèrent dans la maison. Mais pour le capitaine Guérif qui se tortillait en essayant d'attraper un couteau pour trancher l'entrave à ses poignets, ce n'était pas la cavalerie qui arrivait. Il eut juste le temps d'interroger du regard les deux hommes qu'un projectile pénétra à la base de son nez et fit exploser l'arrière de sa boîte crânienne éclaboussant le mur et l'évier. Le corps projeté en arrière s'affaissa alors que les deux Américains se regardaient, curieux d'avoir découvert leur cible déjà attachée. Puis, ils haussèrent les épaules. De toute façon qu'est-ce que ça changeait ?

Ils entendirent alors un gémissement venant d'en haut et se précipitèrent. En ouvrant la porte selon le *modus operandi* recommandé dans ces cas-là, Mitch préféra tirer sur la masse inquiétante qui se dressait vers lui. Il entra enfin dans la pièce, son partenaire en couverture, et découvrit le blessé répugnant et nu qui baignait dans son sang. Il tira une seconde fois. La chose gémissait toujours. Les deux hommes se regardèrent dégoûtés. Stephen avança et tira à son tour, le gros calibre explosa un genou. Celui que l'on surnommait *La Bestia* poussa un hurlement. Mitch, lui aussi, visa l'autre genou. Hurlements à nouveau de la masse qui était à leurs pieds. Les deux hommes se jetèrent un regard dément et ils tirèrent deux, trois, quatre fois, sur le bas du corps, dans l'entrejambe et le fémur qui explosa et éclata l'artère. C'était fini, le corps tressautait et le sang giclait comme dans un film de Sam Peckinpah.

Devenus comme ivres, ils parachevèrent leur œuvre de deux tirs dans la poitrine.

Pour exploiter une dune sous-marine, les bateaux traînent des élindes qui aspirent le sable – et tout ce qui se trouve au fond de l'eau – et le recrachent sur leur pont. Une partie de l'eau est aussitôt rejetée à la mer et forme un nuage trouble. Sur la côte atlantique, les armateurs sabliers, avec sept navires et quatre cents emplois directs, génèrent une activité économique importante et représentent, par exemple, la moitié des mouvements de navires enregistrés chaque année dans le port de Nantes-Saint-Nazaire. La plus grosse drague de la flotte atlantique a une capacité de deux mille deux cents mètres cubes de sable – soit trois mille cinq cents tonnes – et peut, avec son élinde traînante, extraire les granulats à une profondeur de quarante mètres. L'extraction maritime représente une production annuelle d'environ cinq millions cinq cent mille tonnes.

Hôtel Dar Zouhour

Allongé sur le lit à côté de Marion, qui dormait d'un sommeil agité, Antoine faisait le point sur les derniers événements. Elle avait insisté pour qu'il reste près d'elle et il ne pouvait faire moins que d'essayer de la rassurer. Ses mains croisées sur le ventre, il évitait de penser à l'angoisse de ces dernières heures. Il s'en voulait énormément de n'avoir pas su la protéger. Combien de temps allait-elle cauchemarder sur ce qui lui était arrivé ? Il chercha plutôt à se concentrer sur les faits. Pourquoi ces types s'en étaient pris à elle ? Qu'elle ait commencé à fouiller dans cette affaire, à la suite de son frère, sans doute en manquant de discrétion, n'expliquait pas tout. Même si leur juteux commerce avait été dérangé, il n'arrivait pas à admettre que ces types aillent si loin, juste pour une si petite menace. On était en face d'organisations aux reins solides. Ce n'était pas, d'habitude, quelques infos balancées sur la toile par des enquêteurs amateurs qui pouvaient les ébranler. Commettre un meurtre, c'était vraiment appliquer un remède bien pire que le mal. Et puis, si les flics ripoux avaient éliminé le frère de Marion qui enquêtait sur Afrique-Construction-et-Développement, c'était pour protéger cette entreprise, alors pourquoi Gauthier avait-il aussi été assassiné ? Et qui était cet « homme de Paris », qui ressemblait à l'informateur venu chez lui avant-hier ? C'était le flou total. Toujours est-il que, ripoux ou pas, il venait de tirer sur un flic, et que celui-ci n'allait sûrement pas passer la nuit. Ils devaient partir au plus vite du pays.

***

Le lendemain matin, Antoine eut du mal à émerger. Il avait somnolé quelques heures, tout habillé sur le lit. Lui non plus ne pouvait trouver un repos serein : il avait mortellement blessé un homme ! Pendant la nuit, la scène était repassée plusieurs fois. Il avait beau se répéter qu'il n'avait pas trop eu le choix : le policier était une montagne d'au moins cent soixante kilos et avait tout l'air d'un psychopathe. Essayer de le neutraliser à mains nues aurait été trop risqué. Et le seul fait d'imaginer un corps à corps avec le colosse nu, provoquait en lui un frisson de dégoût. Résultat, ce serait encore un fantôme de plus qui allait le poursuivre. Il savait très bien que son geste – le réflexe de son bras qui visa la cible et la pression du doigt sur la queue de détente – si bref et si *facile*, il allait le revoir, et le décomposer, cent fois, mille fois…

De l'autre côté de la porte, il entendit Marion qui s'était isolée dans la salle de bains pour téléphoner, sans doute à son mari pour le rassurer.

Après un moment, elle sortit. Elle aussi, avait une tête épouvantable. Ils se regardèrent, dépités, et échangèrent un faible sourire.

« Bonjour. J'ai eu Hafida, elle était affolée. Elle attendait mon appel, hier soir. J'aimerais passer la voir tout à l'heure pour la réconforter un peu. En plus, je dois lui ramener sa voiture. Si vous voulez bien m'amener la récupérer à la nécropole ? »

Rien qu'en pensant au parking, elle eut un haut-le-cœur.

Antoine se rapprocha d'elle dans un mouvement rassurant. « Oui, on peut faire ça, lui dit-il calmement, mais nous devons quitter le pays le plus vite possible. Après avoir pris une douche et un bon café, je m'occupe des billets et nous partons. »

Une heure plus tard, dans le patio de l'hôtel, ils étaient attablés, sans trop d'envie, devant leur petit-déjeuner et se concentraient sur leur bol de café. Antoine, en feuilletant *Le Matin*, découvrit un article sur la mort de Gauthier. Il n'y avait pas trop de détails mais il ne faudrait pas que des passerelles se dessinent entre le chef d'entreprise et Hakim, et par ricochet Marion et lui. C'était suffisant avec le meurtre du policier… Il profita du wifi de l'hôtel pour acheter deux billets de retour. Le prochain départ était à seize heures cinquante. Après avoir accompagné Marion jusqu'à la voiture, cela lui laisserait un peu de temps pour vérifier quelque chose.

Dans le dossier laissé par l'inconnu, un homme réapparaissait plusieurs fois, assez âgé, grand et costaud, avec une épaisse chevelure blanche. Il avait été pris en photo avec François Gauthier et aussi plusieurs fois entrant ou sortant d'un hôtel. Pour gagner du temps, ils prirent un taxi. Après avoir déposé Marion à sa voiture et s'être assuré qu'elle n'avait pas de souci pour démarrer et repartir, Antoine se fit conduire à l'hôtel Rihab. Le chauffeur était enjoué et entama une conversation sur le foot, le PSG et le phénomène Zlatan Ibrahimović. Antoine, qui n'y connaissait rien, tenta, pour ne pas le décevoir, de rechercher quelques détails qu'il aurait pu capter au hasard des d'informations. Voyant son peu d'enthousiasme, le chauffeur, pas vexé pour un sou, se lançait sur un autre sujet quand soudain, il dut se rabattre brusquement sur la droite. Une voiture les doublait dans un concert de klaxons. Quatre ou cinq jeunes sortaient à mi-corps des portières et faisaient du chahut. La voiture poursuivit son manège sur une vingtaine de mètres, en zigzaguant, klaxonnant, ses passagers criant, pour attirer au maximum l'attention. Puis, elle s'arrêta brusquement à un carrefour et les jeunes jetèrent des pleines poignées de papiers.

« C'est les élections, commenta le chauffeur du taxi en rigolant, on vote dimanche. »

Il fit un écart pour contourner la voiture. Des papiers volaient aux quatre vents. Antoine lui fit remarquer que c'était assez particulier comme façon de distribuer des tracts mais déjà, ils arrivaient à l'hôtel.

« Vous pouvez m'attendre s'il vous plaît ? Je n'en ai pas pour longtemps.

— Bien sûr, regardez je me gare juste un peu plus loin… »

À la réception, Antoine montra une photo de *son vieil ami* qu'il recherchait. Il était certain qu'il était venu à l'hôtel récemment…

« Oui, effectivement monsieur, vous l'avez manqué de quelques jours. C'est un très fidèle client, qui vient depuis de nombreuses années.

— Vous sauriez me dire quand il a quitté l'hôtel ?

— Attendez, je regarde notre registre. »

Antoine se tordit un peu le cou, de façon à voir l'écran au moment où le réceptionniste tapa le nom et lui donna la date. Il le remercia en laissant un billet de cinquante dirhams et quitta l'hôtel, au moins satisfait d'avoir avancé d'un pas. Après s'être fait ramener à sa voiture, il prit la direction de Témara, retrouver Marion dans la maison d'Hafida. Il appréhendait un peu de revoir la mère du jeune Hakim. Il ne l'avait vue qu'une fois et ce jour-là, il n'avait pas été très réceptif. Même s'il était déjà trop tard, il s'en voulait de n'avoir pas pris au sérieux ses soupçons. Elle avait raison, les derniers événements en étaient la preuve.

Il aurait bien essayé de retrouver le médecin qui s'était occupé du corps du jeune homme à la morgue, il aurait pu essayer de lui tirer plus d'informations que le simple diagnostic de mort par noyade. Mais cela n'aurait servi à rien, sinon à inciter la police marocaine à s'intéresser à lui. Le plus sage était de vider les lieux, rapidement. En plus, si on faisait le bilan, par rapport aux éléments qu'il possédait – Hakim était mort, ainsi que Gauthier, et les deux policiers ne lui apprendraient rien de plus – il ne restait donc aucun autre protagoniste ici. S'il voulait progresser, il devait retrouver l'homme aux cheveux blancs, qui avait quitté son hôtel trois jours avant, et *l'homme de Paris.*

***

Antoine finit par arriver à destination, dans un quartier résidentiel de Témara, à proximité de la plage. La maison était cernée d'un beau jardin et, depuis la véranda où étaient installées les deux femmes, il devina au milieu des feuillages une piscine étroite et en longueur, dont l'eau verte et la margelle de mosaïques rappelaient un bassin de l'Alhambra. À l'instant où il se faisait cette remarque, Antoine se dit qu'il était en plein dans les clichés.

Hafida, après avoir laissé Antoine s'installer, revint vers eux avec une bouteille de viognier, du domaine de Thalvin.

« Je vais vous faire goûter mon vin marocain préféré, pourriez-vous le déboucher monsieur Mesabki ? C'est dommage, vous n'aurez pas l'occasion de voir les enfants qui sont à l'école. La maison est bien calme sans eux ! »

Antoine était épuisé, cependant il n'était pas mécontent d'avoir à occuper ses mains et à se donner un peu de contenance face aux deux femmes qui l'observaient depuis son arrivée et attendaient tant de réponses de lui. Mais il réalisa soudain qu'il n'y avait pas que ça, cette femme le troublait. Il ne s'agissait pas que de sa tristesse et de sa dignité face aux événements. En fait, elle était inaccessible, même lui parler de sujets anodins paraissait très compliqué.

Marion qui, elle, semblait avoir récupéré de sa mauvaise nuit, le regardait du coin de l'œil. Il avait l'impression qu'elle s'amusait de deviner sa gêne en présence d'Hafida et qu'elle n'était pas du tout contrariée de passer au second plan. Pourtant, quand la sœur d'Hakim était venue lui proposer l'enquête, Antoine s'était fait la réflexion qu'elle était sûrement une des plus belles femmes à avoir posé le pied sur le pont de sa péniche…

Hafida revenait de la cuisine, et on ne pouvait s'empêcher de l'observer. Elle portait, sur un pantalon beige clair, un chemisier blanc qui appuyait la pâleur de sa peau et contrastait avec ses cheveux noirs, longs et légèrement ondulés. Ses talons claquaient sur les carreaux de terre cuite de la terrasse, achevant de perturber Antoine. Elle apportait aussi un grand plat oblong de faïence polychrome qu'elle déposa sur la table, avec un sourire amusé.

« Je vous ai préparé un plat de pêcheurs, tout simple. Ce sont des sardines farcies à la *chermoula*, c'est une sorte de persillade, précisa-t-elle, relevée de coriandre, paprika, cumin… Ah ! et il y a du piment de Cayenne, aussi. »

Antoine, décidément très lent aujourd'hui, s'empressa de proposer son aide et fit plusieurs allers et retours, pour rapporter une multitude de petits plats et ramequins : poivrons marinés à l'huile d'argan, aubergines grillées, salade d'oranges au miel, salade de tomates à la menthe, *briouates*(8) au fromage de chèvre, semoule aux pois chiches…

Les deux femmes s'efforçaient de mettre un peu d'animation à cette table. Sous couvert d'accomplir les règles élémentaires de l'hospitalité, elles essayaient de voler au sort un maigre instant de sérénité.

Il se trouvait aussi que Marion avait une faim de loup et que cela faisait plaisir de la voir reprendre des forces. Antoine, peut-être un peu lâchement, se dit qu'il lui avait évité le pire. Entre le moment où elle avait émergé de son sommeil artificiel et sa libération, il s'était écoulé finalement très peu de temps. Elle n'avait pas non plus vu son agresseur et même en s'en faisant la pire idée, elle serait en deçà de la réalité. Il n'osait imaginer son traumatisme s'il était arrivé quelques secondes plus tard, alors que le gros s'apprêtait à lui retirer le bandeau des yeux.

Finalement, en se rassurant comme il pouvait et grâce à cet accueil chaleureux, Antoine parvint à se détendre et à apprécier lui aussi le repas.

8-Beignets de feuilles de brick de forme triangulaire

Sur les sites de vente en ligne, se pratique la vente illégale de sable, de Camaret, Trouville, Saint-Jean-de-Luz et autres plages françaises ou étrangères. Les cinquante grammes de sable, empaquetés comme de la drogue, se vendent trois euros.

Pourtant, il est interdit de ramasser du sable sur une plage sous peine d'écoper d'une amende pouvant se monter à mille cinq cents euros. Si la pratique est tolérée pour les promeneurs, il n'en est pas de même quand il s'agit d'en faire commerce.

Les collectionneurs de sable, ou arénophiles, ne cautionnent pas cette pratique. Ils disent posséder une charte qui interdit d'avoir des échanges mercantiles, afin de respecter les sites naturels.

Capitole de Toulouse

L'adjoint au maire de Toulouse, qui recevait l'ambassadrice des États-Unis d'Amérique, était un drôle de bonhomme. Le visage rond, fendu d'un généreux sourire, il portait des lunettes à monture rouge et une cravate décorée aux fanions de la bannière étoilée. Il décrivait, dans un anglais volubile, l'illustre bâtiment abritant la mairie et les peintures de la salle Henri-Martin, sur un ton à la fois jovial et élégant. Devant le tableau *Les promeneurs en bord de Garonne*, à l'ambassadrice sous le charme, il désigna Jean Jaurès avec son canotier, marchant les bras dans le dos et, en arrière-plan, au milieu du fleuve, des hommes sur une barque, comme étant des *pêcheurs de sable* – ils draguaient le fond du fleuve et rapportaient leur cargaison au port Viguerie.

Mitch et Stephen se jetèrent un coup d'œil amusé. L'anecdote était plus que drôle, par sa coïncidence.

Les deux hommes avaient été appelés en renfort, depuis leurs bureaux de Madrid, pour renforcer le dispositif de sécurité durant la visite de l'ambassadrice dans le sud de la France

– c'était assez fréquent que les agences gouvernementales fissent appel à des sociétés privées comme SECURITY & RISK SOLUTIONS pour recruter des hommes de manière ponctuelle. Il s'agissait souvent d'anciens agents ou militaires. La porosité entre public et privé était de plus en plus la norme et le terme de *contractor* avait remplacé celui de mercenaire.

Ce déplacement, en tout cas, tombait très bien pour achever leur contrat avec la société de dragage en mer EXTRACT INTERNATIONAL. L'affaire n'avait pas l'air bien compliquée pourtant : discréditer un concurrent pour récupérer le marché. En plus, la cible apparaissait comme un dinosaure, avec des méthodes d'une autre époque. Cependant, rien ne s'était passé comme prévu et les deux hommes, après leur déconvenue au Maroc, étaient maintenant remontés comme des pendules et bien disposés à rattraper leur gaffe.

Le maire adjoint poursuivait sa visite commentée dans la Salle des Illustres, devant les tableaux, en passant du cardinal de Brienne à *La Belle Paule.* Les deux gardes du corps occasionnels espéraient vite achever cette journée, déposer son excellence dans son avion et reprendre leur autonomie pour poursuivre leurs petites affaires.

Mais, pour l'heure, ils subissaient l'enthousiasme de l'édile, qui enchaînait sur l'histoire de Paule de Viguier, choisie pour représenter la ville lors de la visite de François Ier. C'est en marchant vers le roi, à la tête d'un cortège de notables toulousains, qu'elle lui fit forte impression.

Il demanda à son entourage qui était cette gracieuse apparition et laissa échapper cette phrase : « Ah ! la belle Paule ».

C'est ainsi qu'elle gagna son surnom.

Plus tard, pour que le peuple puisse l'admirer, les Capitouls lui demandèrent de paraître à son balcon deux fois par semaine et c'est dans cet exercice qu'elle est représentée sur ce tableau du peintre romantique Henri Rachou.

On dit aussi qu'elle ne pouvait sortir dans la rue que le visage couvert d'un tissu, pour éviter de créer de trop grands troubles en exposant sa beauté.

En lui rendant visite en 1563, Catherine de Médicis déclara que « sa beauté était au-dessus de sa réputation ».

Et elle mourut en 1610, à quatre-vingt-douze ans, toujours aussi belle d'après la légende.

Mitch jeta un œil à son partenaire, il devait assurément penser la même chose que lui : ils n'en pouvaient plus de ces Français et de leurs histoires à la con !

On aurait dit qu'ils passaient leur vie dans les livres.

Ils se payaient de mots.

Rien n'était plus important pour eux.

Que leur gouvernement intervienne dans la politique africaine et, immédiatement, tous leurs journaux annonçaient le retour de la *Françafrique* !

Voilà, ils avaient inventé un mot !

Et ce mot les indignait et les faisait fantasmer. Ils condamnaient mais, en même temps, ils aimaient bien ce genre d'histoires. Ça posait un dirigeant politique d'y être mêlé, et puis ça leur rappelait l'époque de leur empire colonial de pacotille.

Ce mot pouvait les amener dans des tas de directions. À croire qu'ils savaient juste raconter des histoires.

Pourtant, eux, avec leur boulot, après avoir traîné aux quatre coins du globe, ils savaient bien que rien ne s'arrêtait à un mot.

Les mêmes saloperies continuaient toujours et on en inventait toujours de nouvelles, encore pires.

Bullshit! Il fallait bien que le business continue!

En tout cas, ils en avaient marre de cette affaire, de ces *Frenchies* et de leurs bavardages. C'était ça peut-être qui les avait énervés, et puis aussi le vieux qui leur avait glissé entre les pattes dans la casbah...

Ils n'avaient sûrement pas besoin d'employer des méthodes aussi définitives, mais ils avaient eu un coup de sang.

Alors voilà!

Et puis comme ça, c'était plus rapide, pas besoin de réfléchir.

Ils allaient retrouver le vieux camionneur, dans son village de péquenots au nom impossible à dire, et ils allaient l'expédier rejoindre ses associés.

*

Antoine remontait à pied les allées Jules-Guesde vers la station de métro Palais-de-Justice quand il répondit à l'appel de Philippe Montaubric.

« J'ai retrouvé le type aux cheveux blancs, d'après le nom que tu as obtenu au Maroc. C'est le patron d'une entreprise de transport. Il n'habite pas très loin, dans la région en tout cas, du côté de Lourdes. C'est un vieux monsieur, dis donc! Il est à la retraite depuis un bon moment, mais ça lui arrive de reprendre le cerceau, à l'occasion. Et il est allé au Maroc aux dates concernées. Son passeport a été enregistré à Sète pour son retour, il y a deux jours.

— À Sète ? Ce n'est pas le chemin le plus court !

— Oui, je me suis dit la même chose, c'est curieux pour un camionneur de préférer la mer à la route. Il a peut-être voulu s'offrir une croisière…

— D'accord, merci Philippe, je te laisse, j'arrive au métro. Je vais à La Fabrique, j'ai un rendez-vous pour déjeuner. On en reparle tout à l'heure.

— Ah oui, ton fameux rendez-vous, le chahuta Philippe.

— Oui, je n'ai pas trop la tête à ça, mais c'était impoli de décommander, se défendit Antoine.

— Ha ha ha ! Quand le vin est tiré, il faut le boire. Même quand il est bon. »

Montaubric et ses fameuses répliques pagnolesques, pensa goguenard Antoine en secouant la tête et en dévalant les escaliers.

Dans le métro, comme les autres passagers de la rame, il était perturbé par les stridulements d'un groupe de collégiennes. Elles se ressemblaient toutes, et toutes avaient un Smartphone greffé à la main. Époque folle, où les enfants se promenaient avec un objet de trois cents euros dans la main…

Descendu à Jeanne-d'Arc, Antoine remonta par la rue Bellegarde, et passa devant l'ancien hôtel particulier du peintre et général d'Empire Louis-François Lejeune. Le lieu était devenu un centre culturel, et Antoine se dit qu'il devrait regarder plus souvent leur programmation. En juin, il était venu y voir une exposition de Mustapha Boutadjine, un artiste engagé qui avait la démarche plutôt originale de réaliser des portraits de figures révolutionnaires, comme le Che ou l'Algérienne Djamila Boupacha, avec des collages de bouts de papiers glacés de magazines de modes et de pubs de produits de luxe. Comme un pied de nez à la sous-culture bling-bling…

Mais bon ! la vérité, c'était qu'il n'avait pas trop le temps de sortir finalement, et que son boulot exigeait parfois des horaires inhabituels. Il sourit. Quand on songe qu'en 1900, la totalité du temps consacré au travail, dans la vie entière d'un Français représentait quarante-deux pour cent et qu'aujourd'hui, avec la diminution du temps de travail et l'augmentation de la durée de vie, ce temps total est ramené à onze pour cent…

Il se dit que soit il avait trop de loisirs, soit il était mal organisé… en connaissant déjà la réponse.

Cheminant ainsi, une pensée chassant l'autre, et évitant les pièges des travaux de voirie un peu partout, il arriva vite sur la place Saint-Sernin et contourna la basilique. En traversant le parvis, il soupira en voyant le panneau de cet espace nouvellement baptisé Saint-Jean-Paul-II : la bigoterie de la nouvelle municipalité n'avait décidément pas de limites !

Le vent soufflait fort et il ne fut pas mécontent de s'engouffrer dans l'ambiance réconfortante du restaurant. Après avoir échangé quelques plaisanteries avec les patrons et s'être laissé convaincre, sans trop d'effort, de goûter au vin du mois, il s'assit à une table face à l'entrée. Il détailla le menu et dégusta son verre en pensant à ce que venait de lui dire Philippe. Après tout, pourquoi ne pas aller voir le camionneur ? D'une façon ou d'une autre, il pouvait lui apprendre des choses. En plus, c'était quand même le dernier survivant de cette histoire et, bien qu'il n'y eût jamais de règle, à sa place on se poserait des questions. Dans toute cette affaire, c'était quand même lui qui était à la base du business. Il volait le sable sur les plages et ses camions l'apportaient sur les chantiers. Pas de raison qu'il passât entre les gouttes...

Antoine fut interrompu dans ses réflexions par l'irruption de son rendez-vous, dans un courant d'air blond se dirigeant vers lui, tout sourire et sans indulgence pour les conversations perturbées et les nuques masculines torsionnées...

***

Mitch et Stephen fonçaient sur l'A64. La visite officielle de l'ambassadrice avait duré toute la journée. Entre la réception à la mairie qui n'en finissait pas, la visite de l'usine Airbus, et l'accueil au consulat des associations américaines, ce ne fut qu'à dix-huit heures qu'ils avaient pu l'escorter jusqu'à l'aéroport. Une fois à Blagnac, leur mission s'était achevée. Sacré journée!

Ensuite, ils avaient encore eu droit aux embouteillages sur la route en direction de Muret. À croire qu'ils n'allaient jamais s'en sortir. De quoi être bien crevés, surtout qu'ils avaient perdu l'habitude de ce job, rester debout comme ça, toujours en alerte. Ils n'étaient pas mécontents de retourner à leurs petites affaires. Par contre, il faisait déjà nuit et ils ne savaient pas trop comment ils allaient se repérer et trouver la meilleure solution d'approche pour surprendre leur cible. Arrivés à Tarbes, ils s'arrêtèrent dès qu'ils trouvèrent un MacDo. Ils avalèrent chacun trois menus complets pour alimenter leur carrure de footballeurs américains dopés à la créatine. Et, satisfaits, en sortant de ce magasin de la malbouffe standardisée, ils avaient le sentiment de quitter le dernier îlot de civilisation avant un bon moment. Une demi-heure après, ils roulaient lentement sur une petite route, le long d'une rivière. Un panneau indiquait la direction d'une grotte à visiter. Ils étaient à quelques kilomètres de leur destination et décidèrent de se poser là pour la nuit. La rivière faisait un sacré vacarme. Sur les rives, de hauts arbres sombres tanguaient dans le vent et, sur plusieurs branches, on finissait par distinguer des colonies de cormorans au repos. Les *corbeaux de mer* devaient digérer chacun leur demi-kilo de truites avalé dans la journée. Autrefois de mauvaise réputation – la fable voulait qu'à bord de l'Arche, le patriarche Noé leur ait retiré par punition la petite glande qui permet d'imperméabiliser le plumage – ces oiseaux étaient aujourd'hui aimés des amis des animaux.

Ils proliféraient donc et saccageaient rivières et étangs…

Ainsi, les prédateurs noirs ajoutaient au lugubre du lieu, mais les deux hommes n'y firent guère attention.

Totalement indifférents au paysage, sur une petite aire de pique-nique et près d'une table en bois, ils s'arrangeaient pour passer la nuit. Ils se faisaient la réflexion qu'ils avaient bien eu raison de venir de Madrid avec leur voiture : ça leur avait valu une journée de route, mais au moins, ils avaient pu apporter tout leur matériel.

Au bord du gave de Pau, pour Mitch et Stephen, la nuit fut courte et inconfortable. Vers six heures, ils s'ébrouaient. Chacun de leur côté avec de l'eau minérale et des sachets de poudre, ils se préparèrent leur bouteille de complément alimentaire. Cela ferait avantageusement office de breakfast, il ne devait pas y avoir trop de Starbucks ouverts dans les parages et il valait mieux éviter de se retourner l'estomac avec de la bouffe locale. Ils quittèrent leur complet-cravate pour un équipement mieux approprié, jean et blouson bombardier en daim, et après avoir vérifié tout leur matériel, repartirent vers leur mission.

Dans la baie de Lannion en Côtes-d'Armor, existe un projet d'extraction de sable. La dune sous-marine de Trezen-ar-Gorjenou devrait fournir deux cent cinquante mille mètres cubes par an. Dans le cas présent, le sable ne serait pas utilisé pour confectionner du béton mais pour l'agriculture. Ce sable coquillier, c'est-à-dire principalement constitué de morceaux de coquillages, est très calcaire, et idéal pour réduire l'acidité des terres agricoles. Jusqu'en 2013, les exploitants utilisaient le maërl, algues calcaires que l'on retrouve le long des côtes, mais les directives européennes en interdisant l'extraction, ils se tournent vers une autre solution. Face aux conséquences écologiques prévisibles, se crée une importante mobilisation citoyenne.

Quai d'Orsay, 7e arrondissement de Paris

Devant la grille, où se trouvait l'hommage en bronze à Aristide Briand, un haut fonctionnaire du ministère, qui s'apprêtait à passer le portail, stoppa pour répondre avec empressement au téléphone.

« Bonjour monsieur le ministre.

— Oh, ça va, hein ! Tu veux savoir qui sort à l'instant de mon bureau ? Michel Guirault, ça te parle ?

— Oui, le « Monsieur Afrique » du Président.

— Et aussi des trois présidents précédents ! s'agaça son interlocuteur. Autant dire qu'il était là avant ta naissance ! Il vient de me tancer sévèrement. Et, il a beau bégayer, je peux te dire que je n'avais pas envie de sourire. Il fait vraiment flipper le Vieux. Alors, je te le dis : on arrête tout ! Et sans délai, d'accord ? De toute façon, ton plan était foireux. Provoquer un scandale pour faire tomber leurs hommes de confiance et mettre les nôtres à la place, c'était une mauvaise idée.

— Mais, c'est toi…

— Bon écoute, ça va ! Je n'ai plus de temps à perdre avec de pareilles calembredaines. Tu arrêtes cette opération sur le champ !

— OK, pas de souci, on était de toute façon un peu dans l'impasse.

— On va se consacrer à ce que l'on sait faire. Côté Amérique du Nord, il n'y a pas de problème, on est bons ! En ce moment, je suis sur le dossier russe : un vrai régal ! Je vais te mettre une pagaille là-dedans... Ils ne vont pas s'en remettre, la droite, la gauche et la Marine aussi. Ils vont tous être éclaboussés ! Après ça, Vladimir ne voudra plus causer qu'avec moi. Ce que tu dois faire, toi maintenant, c'est avancer des billes en Asie. On laisse tomber l'Afrique, pour l'instant, c'est un marigot et les autres s'y baignent depuis trop longtemps. En plus, cette histoire de sable commençait à me courir, j'ai déjà les Bretons qui m'emmerdent... Ils peuvent bien pomper tout le sable qu'ils veulent, je m'en moque comme de ma première chemise. Rapproche-toi de Laffourcade au département d'Extrême-Orient, il me doit un service.

— Très bien, je vais m'y mettre tout de suite.

— Et pas de barbouzerie cette fois. Tu as voulu t'amuser ou quoi ? »

L'homme n'eut pas le temps de répliquer que la tonalité résonnait déjà à vide dans son mobile. Sur le bas-relief en bronze, les allégories des Nations, en procession à la suite de la France coiffée d'un bonnet phrygien, écoutaient le grand artisan de la paix.

Au dessous, une inscription : *AUX POILUS D'ORIENT 1927*.

Il se tourna vers la Seine… Au-delà le monde était à portée. Il rajusta son nœud de cravate avec un sourire carnassier et entra dans le ministère.

***

Réveillé en sursaut par son téléphone, Antoine se leva et quitta la chambre en s'efforçant d'être discret… Une longue chevelure blonde s'étalait au-dessus des draps.

« Monsieur Mesabki ? Nous nous sommes vus il y a quelque temps, devant chez vous, je vous avais apporté un peu de documentation.

— Oui, bien sûr, je me souviens…

— J'aimerais vous rencontrer de nouveau.

— Ah, il y a du progrès. Cette fois, vous vous annoncez, ironisa Antoine.

— Écoutez, je n'ai pas de temps à perdre, le coupa l'autre. Je serai demain à Toulouse et j'aimerais vous voir.

— Vous pouvez très bien tout me raconter maintenant. Qui vous dit que moi j'ai du temps à perdre pour vous rencontrer !

— Je préfère ne pas vous parler au téléphone et je vous confirme que vous avez vraiment une heure à me consacrer. »

Ce type parlait comme un militaire et Antoine n'en revenait pas qu'il descende de Paris, juste pour lui tenir le bout de gras. Il avait sans doute dû faire le voyage la dernière fois aussi, quand il était venu lui apporter l'enveloppe. Mais après tout, il n'avait aucun intérêt à refuser, bien au contraire, il avait besoin d'éclaircissements.

L'homme finit par lui fixer rendez-vous, le lendemain à quinze heures, au parking du Géant Casino de Basso-Cambo, devant le garage Feu Vert. Immédiatement après avoir raccroché, Antoine contactait son équipe, pour leur annoncer qu'il y avait du nouveau et qu'ils devaient en parler. Ils allaient devoir mettre en place une surveillance pour la réception de ce messager.

***

En face du centre commercial, Antoine se dirigea vers le camion à pizza. Il s'était décidé à prendre un café. Cela faisait vingt minutes qu'il faisait les cent pas sur le parking, il allait finir par attirer l'attention. Le type n'était pas ponctuel, ou alors, il vérifiait ses arrières. Justement, son équipe à lui était en embuscade, disposée à lui prêter main-forte. Elena, sur les sièges arrière de la voiture, à moitié allongée et à l'abri des vitres fumées, balayait la zone du zoom de son appareil photo. Philippe, sur son scooter, à côté de la station de lavage, tout engoncé dans son blouson de motard et casque sur la tête, faisait mine de surfer sur son Smartphone.

« Je prendrais bien un café aussi ! »

Antoine se retourna, à moitié surpris. C'était bien lui. Après s'être fait servir, les deux hommes s'écartèrent, leur gobelet fumant à la main.

« Sympa, votre petite virée au Maroc ! Au moins, vous n'avez pas fait le voyage pour rien ! Trois morts en moins de quarante-huit heures, chapeau, vous êtes un as ! » commença le type sur un ton de corps de garde.

Antoine encaissa sans répliquer. Il n'allait pas tomber dans le piège de la provocation. D'accord, il se doutait bien que le gros policier blessé avait peu de chance de s'en sortir mais l'autre allait bien ! À moins qu'il ne soit mort de faim dans la maison… Quand à Gauthier, si c'était lui le troisième en question, c'est sûr qu'Antoine n'avait pas trop d'alibi à l'heure de son assassinat, mais bon… il fallait pas pousser quand même, son job ce n'était pas tueur à gages !

« C'est pour raconter n'importe quoi que vous vous êtes déplacé ? J'ai pas que ça à faire, vous savez !

— Je ne vais pas vous faire perdre votre temps, calmez-vous. Du reste, ce que j'ai à vous dire est très simple. Vous vous êtes retrouvé mêlé à une histoire un peu en dehors de votre domaine, si je ne m'abuse. Mais bon ! je ne vais pas vous dire que vous risquez de perdre votre licence si la préfecture apprend votre escapade à l'étranger. Je m'en moque un peu. Et puis, après tout, c'est tout à votre honneur d'avoir apporté votre secours à ces deux belles femmes. C'est très chevaleresque… »

Antoine commençait vraiment à perdre patience, il n'aimait pas du tout le ton du bonhomme. S'il continuait à se payer sa tête, il allait lui en décrocher une ! Elena et Philippe se crispèrent. Ils entendaient toute la conversation grâce à leurs oreillettes et au micro que portait Antoine – il fallait bien sortir de temps en temps leur matériel *high-tech* – et ils ne connaissaient que trop bien leur collègue. Il pouvait avoir des réactions impulsives.

Mais là, ce serait vraiment dommage de s'énerver, tant qu'on ne savait pas ce que voulait le type.

Justement, le voilà qui poursuivait en devenant tout d'un coup, plus sérieux.

« Moi, ce que j'ai juste à vous dire, c'est qu'à présent le dossier est clos ! Les protagonistes ont été éliminés. Il n'y a plus rien à chercher. Surtout, il n'y a plus rien à chercher qui soit dans vos compétences. Vous comprenez bien ? » acheva-t-il sur un ton qui se voulait définitif.

— C'est une menace ? interrogea agressivement Antoine, prêt à cogner.

— Écoutez, répliqua l'homme sur un ton plus apaisant, dans l'intérêt de tout le monde, cette histoire est terminée. Les raisons de la mort de ce jeune homme ont bien été élucidées ? Les coupables ont payé, non ? Les deux flics véreux qui l'ont sauvagement tué, sont morts. Le commanditaire, qui voulait protéger son activité contre le scandale, est lui aussi mort, peu importe comment. Je vous ai même bien aidé dans cette opération. Alors, maintenant c'est fini, on remet le couvercle sur la marmite. Peut-être qu'il y avait d'autres acteurs dans la partie. Sûrement qu'ils vont continuer leurs petites affaires, qu'ils vont encore se moquer de saccager l'environnement, et tout ça… C'est vrai que ce n'est pas très joli, mais qu'est-ce que vous voulez que je vous dise, le monde est ainsi fait. Ce n'est pas vous, ni moi, qui allons y changer quelque chose. Au moins, on peut se dire que nous avons mis hors d'état de nuire trois beaux salauds ! »

Il marqua un temps, avant de poursuivre.

« Vous savez, la dernière fois, je vous avais dit que nous ne nous reverrions plus. Cette fois j'en suis bien certain. Dans le cas contraire, cela serait vraiment dommageable, autant pour vous que pour moi. »

Sur ces dernières paroles, il tourna les talons et s'enfonça vers le fond du parking. Elena, qui le mitraillait avec son appareil, suivit sa progression jusqu'à sa voiture et son départ.

Au bout d'un moment, l'équipe se rassembla et quitta à son tour le parking. Il leur fallut une bonne heure en voiture pour revenir à la péniche, alors que commençaient les bouchons de fin de journée. En rentrant, alors que Montaubric arrivé en scooter avant eux, était déjà plongé dans ses recherches, Antoine alla se servir un verre de whisky japonais. Il avait vraiment besoin de faire redescendre la pression, cet enfoiré l'avait bien énervé ! Il ne croyait pas une seconde à sa sincérité. Son petit numéro insinuait justement le contraire et prouvait bien qu'il était mouillé dans cette affaire. Et il ne devait pas être le seul, le fait qu'il soit venu de Paris pour menacer Antoine lui faisait penser qu'il y avait quelqu'un au-dessus, à l'origine de tout. Quelqu'un assis au chaud dans son bureau et qui, dans l'indifférence, pour de sombres calculs d'intérêts et d'influence, décidait de vie ou de mort. Comme on pouvait gommer un nom sur un papier. Par honnêteté vis-à-vis de Marion et Hafida, il ne pouvait pas se satisfaire de l'élimination des seconds couteaux.

Philippe fit irruption dans son bureau.

« Tu m'en sers un, vieux. Je l'ai bien mérité ! » déclara-t-il en lui tendant un papier.

Avec le numéro d'immatriculation, il avait fini par découvrir que la voiture appartenait à l'état-major de l'armée de terre. Cela confirmait la première impression d'Antoine qui trouvait que ce type avait une gueule de militaire.

En 2008, en Jamaïque, une plage a entièrement disparu !

Le phénomène est le même depuis des années dans toute la région des Caraïbes, de la Barbade aux îles Caïmans, le vol du sable, à destination de la construction, fait rétrécir les plages.

Mais à Coral Springs, c'est une plage entière de quatre cents mètres de sable fin qui a totalement été dérobée. Au moins cinq cents camions ont été nécessaires pour transporter ce demi-hectare de sable blanc et personne n'a rien remarqué.

Située dans le nord de la paroisse de Trelawny, la plage faisait partie d'un futur complexe balnéaire qui, par conséquent, a dû retarder son ouverture.

Le Premier ministre de la Jamaïque s'en est mêlé en personne, exigeant des explications. Mais après trois mois d'enquête, les policiers n'avaient trouvé aucune piste et le sable était toujours porté disparu.

Quartier Marengo, Toulouse

Alors qu'il sortait de chez lui, vers neuf heures, Antoine entendit que l'on frappait à une vitre. À la fenêtre de chez son voisin, il le vit qui lui faisait un signe. Il rouvrit alors sa porte d'entrée et récupéra un trousseau de clefs dans un plat posé sur la commode du couloir. Il alla ouvrir à côté pour rejoindre le vieil homme dans sa cuisine. Assis en robe de chambre devant la fenêtre qui donnait sur la rue, il était à son poste de vigie. Antoine le salua, en affectant un ton naturel.

« Déjà debout ?

— Oui, pourquoi veux-tu que je dorme ? Je ne suis fatigué de rien…

— Je vais faire le café » lança Antoine en jetant un coup d'œil aux mains percluses de rhumatismes du vieillard. Il savait que c'était pour cela qu'il avait cogné à la vitre. Il lui faudrait presque la matinée entière avant de réveiller ses mains et de pouvoir en faire quelque chose. Certains jours, quand son aide ménagère arrivait plus tard parce qu'elle était au marché, il se retrouvait complètement désemparé.

Antoine remplit la cafetière d'eau, attrapa un filtre et la boîte de café. Le vieux l'interrompit.

« Attends, j'aime mettre un peu de chicorée, au fond du filtre, elle est dans le frigo, s'il te plaît. »

Antoine s'exécuta et mit une demi-cuillère de chicorée puis le café avant de lancer la machine.

« Tu sais, l'autre jour, quand j'ai mangé chez toi, le type qui t'attendait dans la rue et avec qui tu as parlé, c'était un militaire.

— Il y a quelque chose qui fait que vous vous reconnaissez entre vous ? s'amusa Antoine.

— Non, c'est juste qu'il avait une gueule de con ! »

Antoine sourit.

« Oui, c'est vrai, c'est un militaire, je l'ai appris depuis, un colonel même...

— J'en ai déjà vu de ce genre-là, tu devrais te méfier.

— Quel genre ? »

Le vieux haussa les épaules et puis soudain son regard se perdit ailleurs, loin derrière les vitres de sa fenêtre.

« Tu me parleras, un jour, de Diên Biên Phu ? »

Le vieux eut un sursaut et se retourna en le fixant.

« Tu me parleras, un jour, de la Haute-Volta ? »

Antoine se leva soudainement, attrapa la cafetière et servit un demi-bol pour le vieil homme, coupant ainsi court à la conversation. Ce n'était pas encore aujourd'hui qu'il arriverait à se libérer de certains fardeaux. Il se dirigea vers la sortie en promettant de repasser en soirée.

En descendant la rue du 10-avril vers la station Marengo, Antoine repensait aux derniers événements qui étaient survenus au Burkina Faso. L'année dernière, un mouvement populaire, que l'on avait appelé la deuxième révolution, avait chassé du pouvoir le vieux dictateur Blaise Compaoré. Mais, il y a un mois, un coup d'état avait bien failli voir le retour au pouvoir d'un militaire, jusqu'à ce que l'armée confirme son allégeance au gouvernement de transition.

Des élections étaient prévues en novembre, on verrait bien…

Antoine avait suivi tout cela de loin, l'air de rien.

Mais il était un peu surpris du fait que les organisations historiques d'opposition n'avaient pas participé, ou alors après coup, au soulèvement populaire. Il ne pouvait s'empêcher d'être méfiant vis-à-vis de formations nouvelles, qui ne se définissaient pas comme des partis ou des syndicats, qui étaient soi-disant nées dans la rue et voulaient créer un nouveau modèle. Il espérait se tromper et que la situation évoluerait favorablement. Il espérait aussi que ces changements politiques permettraient de lever le voile sur les événements passés. Peut-être qu'un jour il connaîtrait la vérité sur ce qui était arrivé à ses amis, il y a vingt ans…

Mais bon ! au Burkina comme ailleurs, il y avait tellement d'intérêts en jeu. C'était bien connu, le problème de l'Afrique, ce n'était pas la pauvreté mais la richesse. Le continent en regorgeait : pétrole, bois précieux, uranium ou diamants, la liste était longue et celle de ses prédateurs encore plus longue.

Au *Pays des hommes intègres*, il y avait du coton et surtout il y avait le métal qui, de tout temps, avait excité la convoitise et rendu les hommes fous : l'or. Bien évidemment, les concessions minières étaient aux mains de sociétés étrangères et bien évidemment, il y avait peu de retours pour les habitants sur l'exploitation de leur sous-sol.

Comme l'histoire de cette mine de cuivre en Tanzanie qui ne faisait jamais de bénéfices et donc ne pouvait pas payer d'impôts. Tout les ans, elle faisait juste assez de chiffre pour rembourser ses investissements et payer ses employés.

Incroyable !

Et pourtant, les propriétaires ne se décidaient pas à la fermer, curieux, non ? *« On emploie les habitants des villages alentour, on fait vivre toute une région, on ne va pas partir ! »*

Presque on leur donnerait une médaille. Et d'ailleurs, ils en avaient des médailles, ces fils de p...

Antoine se reprochait de s'énerver.

La règle numéro un, dans son métier, et la seule règle d'ailleurs, c'était de ne jamais s'impliquer personnellement dans une affaire.

Un peu plus tard, arrivé à la péniche et assis autour de la longue table de réunion avec son équipe, Antoine faisait le point sur les dernières informations obtenues.

« Je me suis un peu renseigné auprès de l'état-major, et oui ! j'ai quelques relations... J'ai envoyé la photo du type et ça n'a pas tardé à faire mouche. Voilà les quelques infos que j'ai pu glaner sur lui : il s'agit du lieutenant-colonel Alain Chassagne, cinquante-cinq ans, des états de service exemplaires, comme on dit. Il a participé à plusieurs Opex(9) et a occupé plusieurs postes à l'étranger, notamment comme conseiller militaire à Mayotte ou au sultanat d'Oman. À

9- Opérations extérieures, interventions des forces militaires françaises en dehors du territoire national

partir de 1999, il est versé au 44e régiment d'infanterie en tant que cryptanalyste. Il accomplit toujours des missions à l'étranger, essentiellement en Europe méridionale, avant d'être affecté à l'État-major, en 2005. Depuis 2013, – et c'est là que ça devient intéressant – il a été mis à disposition du ministère des Affaires étrangères mais personne ne l'a jamais vu au Quai d'Orsay. On sait juste qu'il continue de beaucoup voyager et qu'il est sous les ordres directs et exclusifs d'un nouveau venu, un jeune énarque nommé préfet hors-cadre par l'Élysée et qui est chargé de mission pour la coopération et l'aide au développement. C'est sur ce dernier, acheva Antoine, qu'il faut se concentrer.

— Tu penses, demanda Elena, que c'est lui, le cerveau ?

— Oui, je crois. Et maintenant, il faudrait comprendre pourquoi et comment on peut l'atteindre !

— De mon côté, intervint Philippe, j'ai trouvé plus d'informations sur le vieux aux cheveux blancs. J'ai eu du mal car ça remonte à loin, mais le bonhomme n'a pas toujours été un simple transporteur à la frontière entre commerce légal et illégal. Il était carrément de l'autre côté ! D'après les dossiers judiciaires que j'ai pu trouver, il n'a pas dû passer loin du couperet à plusieurs reprises. Sa société de camions était au départ une simple couverture pour des activités plus criminelles et puis, à un moment donné, il a effectué un virage. Il est devenu *clean*, du moins en surface. On ne trouve plus rien sur lui. Au même moment, sa société enregistre plusieurs contrats juteux avec l'État, mais aussi pour de gros chantiers en Algérie et au Maroc. Si tu veux mon avis, ses compétences et ses relations ont dû être mises à profit en échange d'une sorte d'amnistie.

— Oui, ça collerait bien avec l'idée que je me faisais de cette affaire.

— Toujours est-il que c'est un type dangereux et qu'on ne peut pas dire qu'il soit réellement rangé des voitures. »

Antoine avait de plus en plus envie d'aller voir ce fameux camionneur. Il pourrait peut-être s'en servir de cavalier…

Mais il faudrait juste prendre quelques précautions.

Le sable extrait illégalement des littoraux alimente la frénésie spéculative de l'immobilier, ignorant les besoins humains et ne se souciant nullement des dégâts naturels.

En Chine, soixante-cinq millions de logements sont vides, pourtant la construction est florissante et engloutit le quart du sable extrait sur la planète.

À Bombay, la moitié des logements neufs n'est pas occupée, retenue par les spéculateurs immobiliers.

En Espagne, malgré la crise du logement, un tiers des habitations construits depuis le boom immobilier de 1996 est inoccupé. Des aéroports entiers ont été édifiés, mais n'ont jamais vu un passager...

En Irlande, des lotissements entiers, tel Ballagharderreen, dans le comté de Roscommon, sont des zones fantômes, seulement peuplées de rats. La crise de 2008 a fait dégringoler les prix de l'immobilier et révélé des projets excentrés inutiles, alors qu'il y a pénurie de logements dans les villes.

Lestelle-Bétharram, Pyrénées-Atlantiques

Un *mug* fumant à la main, Élie s'approcha de la fenêtre, c'était son rituel, le matin, de profiter de la vue sur la forêt et les collines du piémont pyrénéen. La brume flottait sur les cimes des arbres jaunis par l'automne, les montagnes n'étaient pas encore visibles. Alors qu'il promenait son regard, un imperceptible détail, dans le rideau sombre de la forêt, le fit soudainement se rejeter en arrière. De l'ombre de la cuisine, il observa attentivement un point précis. Il connaissait si bien ce bois ! Pas de doute possible, il y avait du monde, là-bas ! Le temps de s'habiller, il prit son fusil de chasse et sortit par-derrière. La disposition des bâtiments du corps de ferme lui permettait d'atteindre le bois sans besoin de passer à découvert. Il commença à grimper, tranquillement, surtout ne pas s'essouffler. Décrivant un arc de cercle, il arriva doucement une cinquantaine de mètres au-dessus de son objectif. Après un moment d'attente, il commençait à percevoir des voix. Le bois à cet endroit était en légère pente. Élie approchait lentement. Il marqua une pause. C'était drôle comme cette traque lui avait fait oublier son corps, ses douleurs et courbatures habituelles. Il était à peine essoufflé, il avait progressé à un rythme égal, dans un silence parfait. Il ne pensait même pas au danger, il était totalement pris par son action. Et c'était lui le chasseur. Ce serait plutôt aux autres de s'inquiéter.

Les derniers mètres… Pour être à portée de tir, tout en les surprenant, Élie progressait avec des mouvements de genette.

Les deux hommes étaient là, à moins de dix mètres, en contrebas. Il pouvait distinctement maintenant entendre leur conversation même s'il ne comprenait pas ce qu'ils disaient. Ils regardaient tous les deux avec des jumelles vers la maison et ses alentours. On aurait dit qu'ils semblaient agacés de ne voir âme qui vive. Impatients d'action, ils allaient en avoir !

« Bonjour messieurs », lança Élie, le fusil bien calé dans le creux de l'épaule.

Le plus rapide fut Mitch, qui, d'un même mouvement, lâcha ses jumelles et fit volte-face, son Glock déjà dans la main.

La détonation du fusil de chasse fracassa le sous-bois et mit fin au geste de l'homme en même temps qu'à sa vie. Sa poitrine fut labourée par la charge des billes d'acier 4/0 et la puissance de l'impact le projeta en arrière. Le temps s'allongea avec le bruit du coup de feu qui semblait durer comme un ralenti. Le deuxième homme était à l'arrêt total. Élie et lui se fixèrent, se jaugèrent. Il restait une cartouche dans le tube du calibre 12. Une seule. Une fois tirée, il paraissait peu probable qu'Élie ait le temps de recharger ou d'attraper une éventuelle seconde arme avant la réaction de l'homme. Mais, à cette distance, avec cette arme et ce gros plomb, il était quasiment impossible de manquer son vis-à-vis. Il ne pouvait que le tuer ou au minimum lui infliger une grosse blessure. Élie était parfaitement calme. Il maîtrisait sa respiration et peu à peu laissait ralentir son pouls. Il n'allait pas faillir, non, pas maintenant.

Après avoir ordonné à sa cible, de poser les mains sur la tête, de se retourner et de se mettre à genou, il s'assit lui-même sur le tronc d'un hêtre couché, le fusil calé contre la hanche. Dans cette position, il pouvait tenir tranquillement, un petit moment.

Avant de partir, il avait pris la précaution de fixer l'oreillette de son mobile et de sélectionner un appel. La seule personne des environs qu'il aurait pu appeler à l'aide, vue les circonstances.

Il décida finalement de faire ce numéro car il sentait la lassitude arriver et peut-être le danger. Un peu de renfort ne serait que bienvenu.

« Allô ?

— …

— Tu te rappelles La Rochelle ? »

Un long silence suivit cette évocation.

« C'est le moment. Je dois te demander de renvoyer l'ascenseur. Je suis désolé mon vieux… »

Élie expliqua alors à son vieil ami – qui ne pouvait se défausser pour ce genre de *service* qui les renvoyait tout deux à leur jeunesse tumultueuse des années 70 – où il se trouvait.

« Tu sais, le bois en face de chez moi, à peu près dix mètres en dessous de l'ancienne palombière des Louey. Oui, tu suis le chemin de l'Aoulhet. Avant, récupère dans le hangar le Cater, les clefs sont dessus. Je t'attends, magne ! »

Stephen jeta un coup d'œil au fusil M24 appuyé contre un arbre et qui aura été bien inutile. Il n'arrivait pas à analyser la situation, comme il aurait dû le faire, comme il l'avait toujours fait, chaque fois qu'il s'était retrouvé au feu, dans une zone de conflit ou en opération externe de la CIA. Il était surentraîné et aguerri. C'est le moins que l'on pouvait dire : deux fois l'Irak, l'Afghanistan, la Somalie et j'en passe. Il ne pouvait pas tomber ici ! Dans ce bled de crevards, dans ce pays d'arriérés et d'incompétents, et en plus dégommé par un vieillard ! Comment avaient-ils pu se laisser surprendre ? C'était incompréhensible ! Et puis, là, de dos au vieux, c'était compliqué. Il savait combien de temps il lui fallait pour attraper son arme dans son étui de hanche, se retourner et faire mouche à coup sûr à cette distance : pas beaucoup, mais beaucoup trop pour éviter la décharge de chevrotine. Il ne voyait pas comment il pouvait s'en sortir. Non, en fait, il ne réfléchissait pas, il ne calculait rien. Ni les secondes pour attraper son pistolet, ni une possible intervention extérieure qui détournerait l'attention du vieux un instant. C'est ce qui lui faisait le plus peur. Sa machine était éteinte, ses réflexes, son intuition, sa capacité à répondre à chaque situation… plus rien ! En fait, il était comme déjà mort !

« Vous parlez français ? demanda Élie.

— Un petit peu.

— Vous êtes qui au juste ?

— Nous travaillons pour une société privée de sécurité.

— En Amérique ?

— Notre société est américaine mais nous sommes dans l'agence de Madrid, nous travaillons pour des clients dans le sud de l'Europe et le Proche-Orient.

— Si je comprends bien, vous êtes des mercenaires et vous étiez là pour me buter !

— Non ! ce n'est pas vrai, souffla péniblement l'homme qui avait cru, un instant, qu'une amorce de dialogue pouvait faire évoluer les choses.

— Et votre carabine là, c'était pour les chevreuils peut-être ? Ce que je ne comprends pas, c'est pourquoi. Qui peut vous demander de me descendre ? Et j'imagine que c'est vous qui avez tué Gauthier ?

— Je ne sais pas qui est le client, mentit-il, j'obéis aux ordres. Peut-être un concurrent… Ça change quoi de toute façon… »

Un moteur se rapprochant sur le chemin interrompit l'interrogatoire. Élie n'en saurait pas davantage mais cette idée de concurrent lui trotta dans la tête. Le bruit se faisait de plus en plus fort, c'était une espèce de tracteur.

Son vieil ami arrivait au volant d'un tractopelle monté sur de gros pneus. Il stoppa à quelques mètres de l'Américain et descendit péniblement de l'engin. Il avait une démarche difficile, une jambe un peu raide, suite à un ancien accident. Il faisait près d'un mètre quatre-vingt-dix et était massif, bien que l'âge semblât lui avoir fait perdre du poids. Mais ce qui choquait en premier, c'était ses avant-bras et ses mains énormes. Même s'il était essoufflé et se déplaçait maladroitement, on sentait qu'il ne fallait pas se risquer à portée de ces mains-là. Il jeta un coup d'œil à Élie. Ces deux, dans ce genre de situation, se comprenaient sans parler. Son bras plongea alors dans le godet de la pelle mécanique, et en ressortit avec un outil, à mi-chemin entre le gros marteau et la masse, et qui dans sa grosse main apparaissait comme un jouet. Il approcha, de Stephen de sa démarche dandinante. Ce dernier était sans réaction. De dos, il ne voyait pas trop le deuxième homme, il le devinait juste arriver vers lui. Voilà, c'était le moment !

Le vieux leva le gros marteau. L'Américain tenta un bond vers lui mais il avait anticipé et abattit son arme sur le crâne avec une vitesse étonnante. Le choc sourd projeta la victime au sol. Il rajusta sa prise sur le manche. Deux de ses doigts restaient raides, vieilles fractures empêchant la poignée de se refermer complètement. Il frappa deux fois de plus. La boîte crânienne éclata carrément. Le premier coup était déjà mortel. Les deux vieux hommes se regardèrent. À leurs pieds, c'était le carnage. Mais, peu à peu, la tension sembla s'apaiser et les bruissements de la forêt reprirent le dessus.

Ce fut Élie qui réagit le premier :

« Mets-toi à la pelle, pendant que je vide leurs poches.

— D'accord… Leur voiture est au bout du chemin » articula difficilement l'autre qui, encore essoufflé, se dirigeait vers l'engin.

Après être difficilement monté dans la cabine, il démarra le moteur et essaya quelques manœuvres, le temps de se faire aux commandes. Finalement, il plongea le godet dans la terre meuble du sous-bois et commença à creuser une fosse pour les deux Américains.

Pendant ce temps, Élie vidait les poches des deux hommes et mettait de côté leurs papiers et leurs armes. Quand le trou fut suffisamment profond, il fit signe à son compère qui, de son bras mécanique, balaya et y fit rouler les deux cadavres. Puis il reboucha le trou, tant bien que mal. De toute façon, se dit Élie, on était dans sa propriété et les feuilles n'avaient pas encore fini de tomber, bientôt tout serait recouvert et le temps aplanirait tout ça. Il balança les affaires des mercenaires dans le godet de la pelle mécanique et se hissa lui aussi dans la cabine.

« On va remorquer leur voiture jusqu'au hangar. Après, je la ferai mettre dans un camion qui part pour l'Algérie.

— Fais gaffe, les voitures maintenant peuvent être localisées, non ?

— T'as raison, je mettrai un gars dessus, qui saura brouiller les pistes. Pareil avec leurs téléphones et ceux qui les chercheront seront bien baladés. En plus les téléphones ça se vend très bien au bled, ils risquent de pas mal voyager. »

L'engin fit demi-tour et s'élança dans le sentier. Dans la cabine, les hautes silhouettes des deux vieillards occupaient tout l'espace et semblaient s'entrechoquer au rythme des cahots du chemin. De l'extérieur on aurait pu croire à deux compères revenant d'une bonne virée.

En février 2010, le gouverneur de Californie, Arnold Schwarzenegger, était fier de présenter une nouvelle technologie née à San José, dans la Silicon Valley: les piles à combustible de Bloom Energy qui devraient révolutionner l'industrie énergétique.

La base de cette technologie est tout simplement… le sable.

Plusieurs « serveurs Bloom », espèces de grosses boîtes métalliques de la taille d'un réfrigérateur, ont déjà été livrés à de grandes sociétés.

Chaque boîte peut générer cent kilowatts d'électricité et coûte entre sept cent mille et huit cent mille dollars. Si ce prix est élevé, l'électricité produite, elle, est beaucoup moins chère que chez un fournisseur classique.

« C'est une énergie soixante pour cent plus propre que les centrales à charbon, une énergie durable car elle est produite sur le lieu même de son utilisation. Et puis, du sable, il y en a partout! » a commenté le « Gouvernator ».

Route d'Artigau, Hautes-Pyrénées

Depuis Lourdes, Antoine, se fiant à son système de navigation, emprunta des routes secondaires. Après avoir dépassé les grottes de Bétharram, le paysage était verdoyant, les prés, où paissaient des moutons, étaient délimités par des petits murets de pierres, on se serait cru en Irlande. À proximité de la retenue d'eau d'une centrale électrique, les rives du gave de Pau exposaient encore les séquelles de la crue de 2013. Quand ils furent proches de leur destination, Elena descendit rapidement du véhicule et récupéra dans le coffre un sac kaki de forme allongée.

Antoine arriva dans la cour de la ferme à l'instant même où déboulait, venant du bois, un engin de chantier remorquant un SUV Chevrolet noir. Il descendit de sa voiture et s'approcha des deux hommes qui avaient stoppé leur engin près du hangar. Ils étaient maintenant debout à l'avant du tractopelle. Au fond du godet, il y avait le fusil de chasse avec les affaires des Américains ainsi que les deux Glocks et le fusil de sniper. Antoine l'ignorait mais il se méfiait.

« Je viens pour vous parler du Maroc » déclara-t-il à l'homme aux cheveux blancs.

Au même moment, il leva la main droite et un petit point rouge y apparut qui se déplaça ensuite sur la poitrine d'Élie, puis d'un bond sur le visage de son complice.

« Je vous conseille d'être coopératifs. Ceci est une simple précaution. Je compte repartir d'ici sans grabuge. »

À deux cents mètres de la ferme, appuyée sur un muret, Elena attrapa ses deux cibles, à tour de rôle, dans la lunette de son Mannlicher SSG08. Au premier mauvais geste de leur part, elle pouvait les neutraliser. De là, avec du calibre .300win, c'était une formalité pour une vice-championne d'Italie de biathlon passée par les commandos de l'armée de terre.

« Vous faites du dépannage ? » ironisa Antoine en désignant la voiture.

Les deux hommes se jetèrent un regard.

« Bon, passons ! Je voudrais juste discuter un moment avec vous. »

Élie redressa la tête et désigna son comparse :

« Il n'est pas au courant de cette histoire. Venez on va s'asseoir. »

Ils firent tous les deux quelques pas vers le verger, pour rejoindre une petite table carrée en marbre et deux chaises de jardin rouillées. Élie détacha d'un vénérable pommier un petit épagneul breton. L'animal, qui aboyait d'impatience de voir son maître et toute cette compagnie, se mit à gambader avec joie autour d'eux. Peut-on dire que les chiens ont un sourire ? Si oui, alors les épagneuls ont sûrement le plus doux et bienveillant.

« Vous êtes qui vous, d'abord ? attaqua, agressif, le vieil homme.

— Je suis enquêteur privé. Ma cliente est la sœur du jeune Hakim, qui est mort à cause de vos magouilles, elle veut connaître la vérité. »

Élie se redressa en colère.

« Je n'ai rien à voir avec ça !

— Oui, oui, ne vous énervez pas, je sais bien que ce n'est pas vous. C'est justement pour ça que je viens vous parler. Vous êtes un peu les dindons de la farce, vous et Gauthier. Certains individus ont voulu vous éjecter. Et pour ça, ils ont employé ce moyen ignoble.

— Et vous, vous savez de qui il s'agit ?

— Affirmatif ! » À force, il allait se mettre à parler comme l'autre con de militaire...

Antoine sortit de la poche intérieure de son manteau une liasse de papiers. Il les déplia sur la table. Il s'agissait de photos et de fiches de renseignements sur l'homme du ministère, ses coordonnées, ses habitudes de déplacements, etc.

« Voilà le salopard à l'origine de tout ! Je ne sais pas pourquoi, peut-être une sorte de chasse aux sorcières, suite au changement de pouvoir... »

Élie jeta un œil aux documents. Le nouveau président n'avait jamais désavoué le *Vieux*. Au contraire, il croyait savoir qu'il lui avait donné encore plus de pouvoirs. Non, ce n'était pas ça. Ça ne venait pas d'en haut. Par contre, qu'on ait profité de sa maladie pour essayer de prendre sa place, c'était tout à fait crédible. C'était l'hypothèse de Gauthier aussi. Alors, ça serait ce blanc-bec ? Il regarda les photos, il avait du mal à y croire.

« Et en plus, il aurait recruté des mercenaires américains…

— Pardon ? »

Il avait pensé à voix haute.

« Non rien, je réfléchissais. »

Il se demanda s'il pouvait faire confiance à ce type et lui parler des yankees. Il enregistra les infos et tenta de faire le point. Le type du ministère avait pu recruter des Américains pour brouiller les pistes. Ça se tenait. Ça voulait dire que c'était ce pourri qui voulait le buter. Après Gauthier, et juste pour prendre la place du calife.

« Quelle merde ! » soupira-t-il.

À propos du détective, face à lui, il se demandait quelle était sa motivation. Mais après tout, qu'il veuille juste connaître la vérité pour sa cliente, ça paraissait normal. Lui, de toute façon, s'en moquait comme d'une guigne. Dans ses affaires, il y avait toujours eu des dommages collatéraux, comme disent les Ricains justement. Parfois on ne pouvait rien y faire.

C'était triste pour la famille de ce jeune, mais tant pis…

En tout cas, depuis le début, il observait le type avec défiance. Il avait l'air de connaître son affaire, même si Élie trouvait que le coup du tireur embusqué qui les chaperonnait, ça faisait un peu trop !

Maintenant, il espérait juste que ce cow-boy allait rapidement plier bagage avec son tireur de fête foraine, parce que sa femme ne devait pas tarder à rentrer. Et que là, ça commençait à faire beaucoup de désordre…

***

Sur le trajet du retour, perdu dans ses pensées, Antoine traversait un village nommé Peyrouse, quand Elena tendit le bras.

« Tu n'as pas faim ? » demanda-t-elle, en montrant un panneau : *« Auberge Chez Coustet – Menu gastronomique – Parking sur la place à gauche »*. Il acquiesça et bifurqua vers le parking où plusieurs poids lourds et des véhicules d'EDF laissaient augurer une cuisine sérieuse.

La grande salle, aux poutres apparentes, décorée d'anciens outils agraires et de trophées de chasse, était pleine à craquer. Mais la patronne les accueillit d'un sourire chaleureux et leur assura qu'il restait une bonne table dans le fond, près de la cheminée. Ils traversèrent donc la salle à sa suite. Antoine, amusé, devina plusieurs regards qui se détournaient vers la chute de reins de sa collègue, pourtant en chaussures plates et avec son usuel pantalon de velours noir. C'est vrai que si on ne s'arrêtait pas à son visage sévère, qui aurait fait baisser les yeux d'un brigadier-chef de bersagliers(10), Elena ne manquait pas de charmes. Son corps fin n'était pas trop musclé malgré sa pratique assidue des sports de combat mais, le moins qu'on puisse dire, c'est qu'elle ne faisait pas grand-chose pour attirer l'attention, elle préférait passer inaperçue.

À peine assis à la petite table nappée de carreaux rouges et blancs, sous la tête naturalisée d'un isard, Antoine revint à ses préoccupations. C'est tout juste s'il fut distrait par les fumets s'échappant de la cuisine et par les assiettes généreuses attirant des exclamations aux tables voisines.

10- Les bersagliers (*bersaglieri*) sont un corps d'élite de l'armée de terre italienne. C'est une unité de chasseurs à pied, créée en 1836 par l'armée sarde, et qui se caractérise par une grande vélocité. Ses recrues, d'une taille et d'une endurance au-dessus de la moyenne, reçoivent une formation physiquement très intense et ont des compétences de tireurs d'élite. Leur chapeau, très caractéristique avec ses plumes de coq de bruyère, se porte incliné sur le côté droit, pour protéger du soleil l'œil qui sert à viser.

« Je n'ai rien compris à son histoire d'Américains, tu en penses quoi ? questionna-t-il. Et puis, c'est un vieillard quand même, j'ai du mal à croire qu'il a joué lui-même un rôle dans cette affaire.

— Certains n'arrivent jamais à raccrocher les gants. Tu crois qu'il va vouloir se venger de la mort de son associé et de tous ses déboires ?

— C'est un peu ce que j'espère, oui. »

Antoine pensa à Marion et Hafida. Il s'avouait impuissant face à leur sentiment d'injustice. Et il ne voyait pas comment il pouvait apporter des preuves crédibles pour tenter quelque chose contre l'homme du Quai d'Orsay. Il avait peur qu'elles poursuivent cette idée de vengeance, comme une obsession. Espérer une réaction du camionneur ce serait le meilleur moyen de clore l'affaire et sans en faire supporter la culpabilité aux deux femmes. Du coup, il oublia la référence aux Américains.

À la fin du repas, la patronne s'approcha pour leur proposer le dessert de la maison. Elle leur expliqua qu'il s'agissait d'une spécialité bigourdane, un gâteau cuit à la broche devant la cheminée, accompagné d'une crème pâtissière, faite maison elle aussi. Ils validèrent la proposition et l'aimable aubergiste retourna vers sa cuisine avec le sourire. Antoine se souvint d'avoir mangé pareil gâteau en Aveyron, où on disait aussi qu'il s'agissait d'une spécialité locale. En fait, l'origine de ce gâteau serait polonaise, des soldats de Napoléon auraient rapporté la recette dans leurs villages natals. Il devait sûrement exister des coins en Pologne où on le proposait avec fierté comme étant un gâteau unique au monde.

En Nouvelle-Calédonie, l'exploitation du nickel, commencée en 1863 après la découverte par l'officier du génie Jules Garnier de ce minerai dans le sous-sol de la Grande-Terre, participe à la destruction du littoral. À Tontouta, où les sommets pelés des montagnes témoignent de l'exploitation des mines à ciel ouvert, la disparition du couvert végétal, avec une pluviométrie de trois mètres par an, accélère l'érosion.

C'est une des causes du recul du trait de côte sur la Grande-Terre mais aussi sur l'ensemble des grandes îles : Ouvéa, Ouen et l'« île la plus proche du paradis », l'île des Pins.

Pour autant cela ne décourage pas certaines entreprises d'extraire du sable lagunaire. Après avoir épuisé le lagon de l'îlot de Ténia, d'autres sites sont explorés, comme la pointe Victoire. La demande de granulat pour le bâtiment est toujours en augmentation à Nouméa. Mais on utilise aussi le sable pour des travaux bien inutiles de remblaiement des plages.

Quartier Marengo, Toulouse

Alors qu'il se préparait pour sortir, le téléphone d'Antoine sonna. C'était son voisin qui lui demandait de passer.

« Juste un moment, ne t'inquiète pas. Par contre, viens par le jardin, s'il te plaît, je t'attends dehors. »

Antoine descendit son étroit jardin en pente, pour rejoindre le portillon dans le mur mitoyen. Ils avaient décidé tous les deux, il y a longtemps, de ne plus le verrouiller. Quand son voisin était encore en forme, il passait parfois bricoler du côté du jardin d'Antoine, ramasser des feuilles, couper quelques branches…

Le vieil homme l'attendait, assis à la table de la véranda, Monique, l'aide ménagère, surgit avec un plateau de tasses et de café.

« Bonjour monsieur Mesabki, il vous fait passer par le jardin, c'est n'importe quoi. En plus, il va attraper froid. Mais que voulez-vous, on peut rien lui faire entendre !

— Assieds-toi, va, ne l'écoute pas. Il y a un peu de soleil, j'en profite. Je ne sais pas si je vais encore le voir très longtemps mon petit jardin.

— Boubou bou, s'en retourna en ronchonnant la femme, il m'énerve quand il parle comme ça. Je préfère vous laisser, *té*! »

Antoine, servit le café en souriant.

« Alors, qu'est-ce qui t'arrive?

— Tu sais, je ne plaisante pas. Je ne sais pas si je vais pouvoir encore rester longtemps. Ça ne va pas en s'arrangeant et l'hiver va arriver. Et si on me renvoie dans la maison de vieux… À quoi ça servira? Moi, j'ai mes habitudes, ici. Tu sais, quand on n'a plus rien, il reste les habitudes. Les petits rituels. Et puis, mon bout de jardin, c'est important pour moi, même si je peux plus rien y faire. Au printemps, il y aura des jonquilles, là. Ce sont mes fleurs préférées. Si je les vois encore, l'année prochaine, je crois que ça sera déjà bien. »

Il eut un faible sourire, ses yeux brillaient.

« Tu sais, c'est drôle que tu me parles de ça, parce que hier je regardais la météo et comme il continue à faire beau samedi, je pensais nettoyer un peu des deux côtés. Tu en penses quoi? T'auras juste qu'à me donner des instructions. »

Le vieux sourit.

« Peut-être même, rajouta Antoine, que Montaubric passerait nous apporter des bières.

— Ça oui, c'est pas mal! Au moins, je peux encore prendre un verre, de temps en temps. »

Ils burent une gorgée de café en même temps et se tournèrent vers le petit jardin. Un timide soleil commençait à réchauffer la vitre de la véranda. Le vieux avait raison: les meilleures choses étaient les plus simples.

« Au fait, si je t'ai demandé de passer par le jardin, ce n'est pas pour ça. Tu sais le colon dont on a parlé l'autre jour. Eh bien! il est revenu.

— Quoi ?

— Il est dans la rue, depuis ce matin, et pas tout seul en plus.

— Mais comment tu sais ça ?

— Tu sais bien que je suis posté à ma fenêtre, de bon matin. Je les ai vite remarqués, ils sont quatre, tous des biffins, dans deux voitures. Deux grosses voitures noires, je sais pas le modèle mais tu peux pas les manquer, on dirait qu'elles sortent du garage.

— Merde ! »

Antoine se leva et chercha son téléphone dans sa poche.

« Si tu veux, monte à l'étage, tu pourras mieux les voir.

— D'accord » j'appelle Philippe.

Monté à l'étage, depuis la fenêtre, il observait les véhicules en attendant désespérément que son collègue décroche.

« Oui, Philippe ? Il y a un souci, résuma Antoine à son associé, en lui exposant brièvement la situation.

— Je préviens Elena et j'arrive, pour te récupérer.

— Fais gaffe, ils sont garés dans deux voitures, une en haut de chez moi et une plus bas. Si tu te gares devant ma porte et que ceux du bas déboîtent, ils bloquent la rue. C'est des voitures noires, genre Renault espace. Je sortirai de chez le voisin. »

Antoine attendait derrière la porte depuis un moment quand il entendit stopper la voiture de Philippe. Ce dernier s'était arrêté pile à hauteur de la voiture en surveillance et il fit un petit geste de la main aux deux types, alors qu'Antoine avait déjà bondi à l'intérieur de l'habitacle, à ses côtés.

« Salut les filles ! » lança Montaubric aux deux hommes ahuris, tout en appuyant sur l'accélérateur.

Son fidèle break Fiat, quatre cent mille au compteur tout de même, dévala la rue en pente. Les deux autres voitures derrière, finirent par démarrer et commencèrent à les suivre.

« Merci d'être arrivé aussi vite, je pense que c'est mieux de s'éloigner d'ici. Je me voyais mal engager une bataille rangée dans ma rue.

— J'ai eu une idée, j'ai donné rendez-vous aux autres au parking du Stadium.

— Tu n'as pas de chauffage ?

— Non. Il est en panne depuis deux ans. Tu as froid ?

— Non. Mais attends, pourquoi tu as dit *les autres* ?

— Comme ils sont quatre, j'ai appelé du renfort.

— Quoi ? Arrête, tu me fais peur. Tu as appelé qui ?

— Le Basque.

— Oh merde ! soupira Antoine.

— J'ai eu du mal à le réveiller, il bossait en discothèque cette nuit.

— J'espère au moins que tu lui as dit de venir à poil ! Je ne veux pas que ça finisse en drame.

— T'inquiète !

— Et toi ?

— J'ai le pétard dans la boîte à gants, au cas où, mais en principe on devrait s'en passer. »

Antoine, jeta un coup d'œil et effectivement, il y avait la vieille sacoche en cuir dans laquelle Montaubric rangeait habituellement son arme. Il commençait à avoir des sueurs… Comment allait finir cette histoire ?

Philippe approchait péniblement de l'île du Ramier, à cette heure où la circulation était dense, quand il reçut un appel d'Elena.

« C'est bon, vous êtes en place? OK, on ne devrait pas tarder. Oui, ils sont derrière nous. »

En rangeant son téléphone dans la poche de son blouson, il en ressortit un objet qu'il tendit à Antoine

« Tiens, prends ça! »

Un poing américain… Antoine enfonça ses doigts dans les empreintes froides d'acier en soupirant.

La voiture descendit vers l'entrée du stade et tourna dans le petit parking sous le pont, pour se garer entre les gros piliers qui soutenaient la route. Les deux voitures noires arrivèrent en trombe et se garèrent derrière eux. Antoine descendit tranquillement, les mains dans les poches. Il se retrouva face au colonel Chassagne, avec ses trois hommes qui se déployaient en ligne, un peu en retrait. Au même moment, de derrière un pilier, sortit Elena, vêtue de noir, pantalon moulant et pull à col roulé. Avec un claquement elle déplia une matraque télescopique et vint se ranger à côté de ses collègues. Enfin, le trapu Beñat Arotzarena surgit à son tour de l'ombre, pour équilibrer le dispositif.

L'officier, avec ses trois soldats aux crânes rasés et aux carrures identiques, ne parut pas vraiment impressionné par ce modeste guet-apens.

« Je vous avais bien prévenu de ne plus vous occuper de cette histoire. Qu'est-ce que vous êtes allé faire dans les Pyrénées? Vous ne me prenez pas au sérieux?

— Pas vraiment non. Vous parlez trop! »

Antoine, selon le vieil adage qu'à la guerre la meilleure défense c'était l'attaque, sortit brusquement sa main de la poche de son manteau et balança son poing dans la figure du colonel. Le demi-kilo d'acier fracassa la mâchoire, le type fut complètement séché et s'écroula. Au même moment, les trois autres s'étaient mis en mouvement. Le plus proche se jeta vers Antoine et lui asséna une manchette qui lui fit exploser l'arcade. Le sang se mit tout de suite à couler et Antoine, sous le choc, recula un peu. Mais quand le militaire voulut poursuivre sur son avantage Montaubric l'attrapa par le col de son blouson et le balança de côté. Il était déséquilibré et presque par terre quand Elena lui asséna un coup de matraque derrière le genou. Il finit de flancher et se retrouva juste à la bonne hauteur pour qu'elle smashe avec son arme dans sa tête. Cette fois il s'écroula. De son côté Philippe, après avoir fait valdinguer un adversaire cueillit le suivant d'un magistral coup de boule et le mit direct KO. Le quatrième homme, en arrivant en renfort, se retrouva face au Basque, mais comme il le dominait facilement par la taille et la carrure, peut-être qu'il ne se méfia pas assez.

C'est vrai que Beñat Arotzarena mesurait tout juste un mètre soixante-dix, mais son corps était massif et il avait une tête à enfoncer des clous de charpentier avec le front. Son nez avait été cassé tellement de fois qu'il était devenu concave, on aurait presque dit une gueule cassée de la guerre de 14. Mais ce n'était pas le pire. Le pire, c'était qu'en fait, le Basque était complètement détraqué. Il pouvait paraître tout à fait normal dans la vie courante, mais dès qu'il devait se battre, et cela lui arrivait assez souvent, il devenait fou. Plus jeune, il avait été radié à vie de tous les terrains de sports, même l'armée n'avait pas voulu de lui. Et bien sûr, au lieu de chercher à se contrôler, il n'avait rien trouvé de mieux à faire que d'ouvrir une société de vigiles.

Au moment où le militaire fonça sur lui en s'apprêtant à le balayer d'un revers, il lui bondit carrément dessus. Ses deux jambes enlacèrent sa taille et les bras autour de son cou, il poussa un cri démoniaque en projetant sa gueule pour lui mordre le nez ! Comme un pitbull, il bloqua sa prise, ses mâchoires serrèrent et mastiquèrent, sans jamais défaire leur pression. L'homme, en criant, essayait de l'attraper pour le rejeter mais les bras du Basque étaient trop épais et puissants pour les faire lâcher prise. Bientôt le sang se répandit sur les visages des deux hommes *embrassés*. Aux cris de celui qui se faisait littéralement dévorer, s'ajoutaient les grognements bestiaux de son assaillant et les bruits de mastication et succion de sa mâchoire.

Leurs adversaires respectifs au tapis, Elena, Antoine et Philippe restèrent tout d'abord choqués par la scène surréaliste.

« Putain, mais c'est quoi ça ? » cria Antoine en se tournant vers Philippe, arrête-le ! Il s'en étrangla presque, à moitié aveuglé par le sang qui lui coulait dans l'œil, et finit sa phrase dans un cri aigu.

Elena et Philippe se ruèrent vers les deux hommes et arrachèrent, non sans mal, le Basque à sa proie.

Le militaire se roula au sol se prenant des mains sa figure ensanglantée, en criant de douleur. Puis il essaya de saisir son arme mais un coup de matraque l'en dissuada. Montaubric, à la surprise d'Antoine, sortit son pistolet et mit en joue tout ce monde. Le Basque, lui, après avoir lâché sa prise s'était mis à faire des bonds désordonnés en rugissant comme un dément. Puis, il courut vers sa voiture. Antoine le vit ouvrir la portière et attraper une bouteille pour s'arroser le visage couvert de sang. Au début, il pensa que c'était de l'eau mais il reconnut vite le bleu d'une bouteille de gin Sapphire. Le Basque en avala une rasade, se rinça la bouche et recracha. Il se tourna vers les trois qui le regardaient complètement interloqués.

« Pour désinfecter ! rigola-t-il.

— Bon, faut pas traîner ! » se secoua Antoine.

Elena se jeta sur les quatre hommes à terre, prit leurs armes et courut vers la Garonne pour les y jeter. Elle s'amusait d'avance des problèmes administratifs qu'ils allaient connaître en déclarant la perte de leurs armes réglementaires.

Pendant ce temps, Antoine et Philippe récupéraient les papiers d'identité des trois hommes qui, on peut dire, avaient apporté un renfort vraiment efficace au colonel. Ils en firent rapidement une photo. Antoine se disait qu'il trouverait bien un moyen de pression pour les empêcher de vouloir revenir. Les militaires ça obéissait aux ordres, il suffisait juste de trouver qui était au-dessus d'eux.

« Allez, on y va ! »

Tandis que le Basque démarrait déjà, Elena les suivit, pour monter à l'arrière du vieux break.

« Tu étais arrivé comment ? demanda Antoine un peu surpris.

— En courant, répondit-elle simplement, comme une évidence. »

Sachant qu'elle habitait aux Minimes, Antoine, en baissant les épaules, vaincu, s'engouffra dans la voiture, sans chercher à se demander comment elle avait pu arriver avant eux. Surtout qu'il croyait deviner sous son pull, outre la matraque qui faisait déjà son poids, la bosse de son Beretta Nano.

***

Élie terminait de remplir de pommes le vieux pressoir. La pression due au poids laissait déjà s'écouler un mince filet de jus dans la grande bassine d'aluminium. Il installa la presse, puis les épaisses cales en bois et enclencha le bras avant de commencer à tourner d'un quart de tour. Ce soir il apporterait quelques bouteilles à la famille, aux voisins... Le jus commençait à bien couler maintenant. Ce matin, il était un peu trop optimiste en pensant faire deux pressoirs mais il était déjà presque midi, le temps de ramasser les pommes... Et puis de toute façon à chaque fois il lui restait des bouteilles sur les bras. Il s'épongea le front et poussa une fois encore le bras d'un quart de tour. Tant pis, il étalerait les pommes sur les étagères dans la grange, en mettant de la paille dessus, elles tiendraient l'hiver. Il était en train de reprendre son souffle quand l'épagneul se mit à aboyer, répondant au téléphone qui sonnait. Élie attrapa l'appareil et regarda le nom qui s'affichait sur l'écran : c'était le secrétaire particulier du *Vieux*. Il respira un bon coup, fit taire le petit chien et décrocha.

« Bonjour monsieur.

— Bonjour, comment allez-vous ? Je vous appelle de sa part, il est un peu occupé mais il pense à vous.

— Oui, justement, je voulais vous parler...

— Ne vous inquiétez pas, il est au courant de tout. »

Élie était agacé, il se rappelait maintenant que l'autre parlait toujours par ellipses et non-dits, qu'il n'entrait jamais dans les détails. Pour avoir une conversation réelle, il aurait fallu qu'il puisse le rencontrer, comme c'était déjà arrivé par le passé.

« On pourrait se voir ?

— Non, ce n'est pas nécessaire pour le moment. Rassurez-vous, il a repris la main. C'est ce qu'il me charge de vous dire. Il a été accaparé un moment par d'autres préoccupations mais il est de retour. Les choses doivent reprendre leurs cours et chacun reprendre sa place.

— Concrètement, ça donne quoi ?

— Notre ami, qui a eu un malencontreux accident, va être remplacé à la tête de l'entreprise. Nous avons donné notre aval pour son successeur, quelqu'un de très efficace, qui est déjà en route. Mais nous avons conscience que vous-même avez eu des désagréments, alors, pour relancer votre activité, nous vous appuyons. Comme pour un nouveau départ, si vous voulez. Pour vos frais à venir ou pour combler des pertes, faites-nous passer les notes.

Il a dit que pour vous c'était, je cite *open bar !* On vous doit bien ça, il y a eu un gros cafouillage… Des incompréhensions avec des nouveaux venus qui ne maîtrisaient pas assez bien leur copie. Ceux-là, maintenant, sont rentrés chez maman. Ils ne devraient plus nous enquiquiner.

— On relance tout, alors ?

— Exactement, et d'ailleurs, on nous attend avec impatience. Nous avons une mission là… là-bas. »

Il ne se mettrait pas à bégayer lui aussi un petit peu ? Élie s'en amusa, ça lui rappelait un proverbe espagnol… *Si tu es marié depuis trente ans à une boiteuse, tu n'es pas devenu boiteux, mais tu dois être quand même un peu bancal*, ou quelque chose dans le genre…

Mais à l'autre bout du fil, après une pause, le secrétaire du *Vieux* reprenait :

« Juste une dernière chose pour finir. Il vous fait dire que si, au-delà des enjeux matériels, vous avez été affecté personnellement, vous pouvez aussi solder ces comptes-là. Nous vous couvrons… dans la limite d'une certaine discrétion… »

En raccrochant, Élie fut traversé par deux sentiments contradictoires. D'abord, il était soulagé de retrouver une protection et de comprendre les événements et ceux qui se cachaient derrière. Il n'était pas mécontent que l'ancien système reprenne sa place. Mais d'un autre côté, il ressentait une grande fatigue et comme une déception de devoir s'y remettre. D'être encore sur le fil, alors que le précipice était si tentant. En finir ! Pourrait-il un jour en finir ? À chaque fois, il se disait que c'était la dernière, que ça allait se calmer et qu'il pourrait transmettre ou liquider l'affaire. Mais à chaque fois, il y avait un nouveau problème qui l'obligeait à sortir de sa grotte, comme un vieux loup qui devait protéger son territoire…

Il existe aux États-Unis, dans le parc régional de MacKerricher, en Californie, la Glass Beach. Une plage qui semble recouverte de pierres précieuses multicolores, comme si un bateau de pirates s'y était éventré, déversant ses trésors fabuleux… En réalité, cette plage, était utilisée comme décharge publique jusqu'en 1967 et tous les habitants de Fort Bragg y déversaient leurs déchets.

Après que le gouvernement ait décidé de fermer et d'interdire la décharge, de grandes campagnes de dépollution ont été mises en œuvre. Les plus gros déchets ont été enlevés, mais pas les millions de débris de verre qui jonchaient la plage.

Quarante-cinq ans plus tard, ces morceaux de verre usés par les vagues se sont transformés en une multitude de petits galets.

Ailleurs dans le monde, trois autres plages de verre ont été recensées, à Benicia, également en Californie, à Hanapepe dans l'archipel d'Hawaï et dans la baie de Guantanamo, à Cuba.

Plage d'Hendaye, Pyrénées-Atlantiques

En cette fin de matinée hivernale, il y avait peu de monde au bord de la plage, le vent secouait les promeneurs par bourrasques. Elena et Antoine étaient ici pour une enquête. Tout à l'heure, ils iraient au petit port de pêche pour prendre une navette vers la rive espagnole et aller déjeuner à Fontarrabia. Antoine repensait à leur précédente affaire. Il venait de tomber sur un article annonçant que le port de Bayonne avait fait l'acquisition d'une drague à élinde, pour l'entretien du chenal portuaire et des souilles.

Le navire fabriqué aux chantiers navals de Bilbao avait été conçu aux dimensions spécifiques du port bayonnais. Il se nommait *Hondarra*, ce qui signifiait sable en langue basque, et une partie du sable dragué dans le port devait être recraché par le navire sur la plage d'Anglet, victime elle aussi de l'érosion. Il y a quelque temps, il n'aurait même pas accordé d'attention à cette information.

Mais pour en revenir à l'affaire, elle avait connu récemment ses derniers remous. Suite à un coup de fil de son contact à l'état-major des armées, il avait pu trouver deux entrefilets dans la presse qu'il avait photographiés pour les expédier à Marion :

Ouest-France

Grave accident de la circulation

Ce vendredi 15 janvier, vers dix-neuf heures vingt, une voiture et un poids lourd sont entrés en collision au péage Heudebouville, en venant de Paris. Le conducteur de la voiture, grièvement blessé, a été évacué au CHU de Rouen. Il est malheureusement décédé durant le transfert. Le chauffeur du camion, quant à lui, est indemne. La circulation a été perturbée le temps de l'intervention des secours, soit jusqu'à vingt heures quarante environ.

Le Figaro

Avis d'obsèques
Saint-Cloud (92)
Julie PELLETIER, sa compagne,
Me Pierre DELATOUR, avocat à la cour,
et Marie-Geneviève DELATOUR,
née de la Condamine, ses parents ;
le général de brigade Pierre-Henri DELATOUR,
grand-croix de la Légion d'honneur, son grand-père
ont la tristesse de vous faire part du décès
de Hervé, Jean-Marie, DELATOUR
préfet hors-cadre, directeur adjoint à la coopération
et à la francophonie au ministère des Affaires étrangères,

survenu le 15 janvier, à l'âge de trente-quatre ans.
La cérémonie aura lieu le jeudi 21 janvier à dix heures trente,
en l'église Saint-Clodoald,
5, place de l'Église, à Saint-Cloud (92).

Antoine se baissa pour ramasser une poignée de sable, pensif. Il était toujours ému de revenir ici : la plage de son enfance. Était-il possible qu'elle disparaisse un jour ? Il fit couler les grains entre ses doigts. Certains, plus gros et lisses, verts ou rouges, captaient les maigres rayons de soleil : du verre redevenu sable. Il n'était pas géologue et restait un peu désabusé des révélations apportées par cette affaire, mais il se persuada d'y voir comme un espoir…

Sources

L'idée de ce livre vient de l'excellent documentaire de Denis Delestrac, diffusé en 2013 sur ARTE : *Le Sable, enquête sur une disparition*, et je ne saurais trop conseiller de le regarder.

J'y ai puisé ma principale documentation, complétée par de nombreux articles de presse énumérés ci-dessous. La preuve que ce sujet a été abondamment traité même s'il est peu connu. *Tout a été dit mais comme personne n'écoute, il faut recommencer*, disait Gide…

Les Voleuses de sable au Cap Vert, *France Info*, 09/05/2014
Marchands de sable, les autres pilleurs d'océan, *L'Humanité*, 24 mai, 2013
Cap Vert La ruée vers le sable, *Courrier International*, 27 juin 2012
En dépit des apparences, le sable est une ressource rare, *Libération*, 11 août 2017

Le sable marin devient un objet de trafic, *Le Monde*, 29 mars 2010
Les sabliers de l'Atlantique misent sur un développement durable, site *Mer-et-Marine*, 2013
La guerre mondiale du sable est déclarée, *Les Échos*, 24 février 2016
Du sable breton vendu illégalement sur le net, *Le Télégramme*, 11 *octobre* 2017
En Bretagne, le « Peuple des dunes » d*éfend son sable, Le Monde* 12 février 2013
Quatre blockhaus détruits sur l'île de Ré pour protéger le littoral, *AFP*, 22 septembre 2016
Les extractions de sable marin menacent-elles nos plages et notre littoral ? *Bastamag.net*, 2016
Au Maroc, les marchands de sable dépouillent les plages, *Le Monde*, 23 novembre 2017
De la pénurie de sable au désastre écologique planétaire, *L'Humanité*, 28 juillet 2016
500 camions de sable volés en Jamaïque, *Associated Press*, juillet 2008
Transformer du sable en énergie, c'est désormais possible ! *RFI*, 26 février 2010
Le business des marchands de sable, *RFI Afrique*, 4 juin 2013
Littoral aquitain : la spectaculaire érosion en images, *Sud Ouest*, 29 janvier 2014
Glass Beach, la plage de verre, *Paris-la-douce*, 2013
Les îles englouties de l'Indonésie, *Courrier International*, 7 janvier 2004
L'extraction de sable – Un enjeu environnemental et économique majeur, *Scott.net*, avril 2014
Guerre du sable sur les côtes de France, *Le Monde Diplomatique*, 2015.

Dans la collection

1-Alarme en Béarn, Thomas Aden, 2013
2-Trou noir à Chantaco, Jacques Garay, 2013
3-Coup tordu à Sokoburu, Jacques Garay, 2013
4-Estocade sanglante, Jacques Garay, 2014
5-Ultime dédicace, Thomas Aden, 2014
6-Gaz in Marciac, G.D. Noguès, 2014
7-Notre père qui êtes odieux, Violaine Bérot, 2014
8-De la blanche sur le Somport, Claude Casteran, 2014
9-Les gens bons bâillonnés, Jean-Christophe Pinpin, 2014
10-Ville rose sang, Stéphane Furlan, 2014
11-Le 9 bordelais était chargé, Éric Becquet, 2015
12-Mourir à la San Fermín, Alejandro Pedregosa, 2015
13-L'assassin était en rouge et blanc, Poms, 2014
14-Requiem à Donibane, Jacques Garay, 2015
15-Abattez les grands arbres, Christophe Guillaumot, 2015
16-De chair et d'oubli, Karline Nivet & Pascal Suhard, 2015
17-Sans jeu ni maître, Stéphane Furlan, 2015
18-J'aurai ta Pau, Cesare Battisti, 2015
19-Balles perdues à Moliets, Maxbarteam, 2015
20-Un, deux, trois, sommeil!, Gilles Vincent, 2016
21-Pas d'orchidées pour Miss Armagnac, G.D. Noguès, 2016
22-Du pin et des larmes, Philippe Mediavilla, 2016
23-Estouffade à Guéthary, Jacques Garay, 2016
24-Coup de piolet, Juliette Manet, 2016
25-Palombes, tursan et sale ami, Maxbarteam, 2016
26-Nous n'irons plus au bois, Philippe Lescarret, 2016
27-Toutes taxes comprises, Patrick Nieto, 2016
28-Jeux de dames, Philippe Beutin, 2016
29-Le sang de la forêt, Serge Tachon, 2017
30-Mandrake ne peut pas mourir, Daniel Contel, 2017
31-Ras la coquille en Amikuze, Jacques Garay, 2017
32-Riquet m'a tuer, Yves Carchon, 2017
33-Galeux, Bruno Jacquin, 2017
34-Ça flingue sur la Grande Boucle, Maxbarteam, 2017

35-Chemin de croix, Poms, 2017
36-Y a plus d'enfants !, Jean-Jacques Cripia, 2017
37-Blanc sec et série noire, Philippe Lescarret, 2017
38-Sans homicides fixes, Thierry Benoît, 2017
39-Euskal barbecue, Aitor Behro, 2017
40-Implantés, Stéphane Furlan, 2017
41-Mauvaise passe pour le 10, Éric Becquet, 2017
42-Quand passent les chocards, Michel Brome-Tonne, 2017
43-Croix blanche sur fond blanc, Antoine Léger et G.D. Noguès, 2017
44-Éthique de l'assassin, Maxime Sanous, 2018
45-Sous les pavés la plage, Simone Gélin, 2018
46-L'œuf de la haine et de la vengeance, Pierre Olhagaray, 2018
47-Les douze sales polars, Collectif, 2018
48-Les vieux démons, Yves Carchon, 2018
49-Ils vont tous mourir, Raphaël Grangier, 2018
50-Noir Vézère, Gilles Vincent, 2018
51-Musique de chambre close, Serge Tachon, 2018
52-Superman ne volera plus, G.D. Noguès, 2018
53-Le cocu sort du nid, Maxbarteam, 2017
54-Le mort est dans le pré, Patrick Caujolle, 2018
55-Erreurs d'aiguillage, Philippe Beutin, 2018
56-L'affaire Jane de Boy, Simone Gélin, 2018
57-Léon et les jambons, Jacques Garay, 2018
58-Flic de papier, Guy Rechenmann, 2018
59-L'ombre des derniers Cathares, Alain Roumagnac, 2018
60-Funestes randonnées, Patrick Nieto, 2018
61-Retour de lame, Philippe Mediavilla, 2018
62-L'heure de notre mort, Philippe Lescarret, 2018
63-La fille du port de la Lune, Simone Gélin, 2018

Mise en page et suivi de fabrication
Atelier Graphique Cairn
Achevé d'imprimer par G.N. Impressions (149387)
pour le compte des Éditions Cairn
14 rue des Bruyères - 64160 Morlaàs
Tél. : 05 59 27 45 61 Fax : 05 59 98 84 89
editions-cairn@wanadoo.fr - www.editions-cairn.fr
Dépôt légal : octobre 2018